クリスティー文庫
68

蜘蛛の巣

アガサ・クリスティー
加藤恭平訳

早川書房
5421

SPIDER'S WEB
by
Agatha Christie

Translated by
Kyohei Kato
Published 2022 in Japan by
HAYAKAWA PUBLISHING, INC.
This book is published in Japan by
arrangement with
AGATHA CHRISTIE LIMITED
through TIMO ASSOCIATES, INC.

蜘蛛の巣

登場人物

ヘンリー・ヘイルシャム＝ブラウン	外務省の役人
クラリサ	その妻
ピパ	前妻の子
ローランド・デラヘイ卿	クラリサの叔父
ヒューゴー・バーチ	判事
ジェレミー・ウォリンダー	秘書
ミルドリッド・ピーク	庭師
エルジン	ヘイルシャム＝ブラウン家の執事
オリバー・カステロー	ヘンリーの前妻の夫
ロード警部	
ジョーンズ巡査	

場　面

ヘイルシャム＝ブラウンの家になっているケント州の
〝コップルストーン邸〟の客間

第一幕　三月のある夕方

第二幕

第一場　その十五分後

第二場　その十分後

第三幕　その二、三分後

時　現代

第一幕

舞台配置図

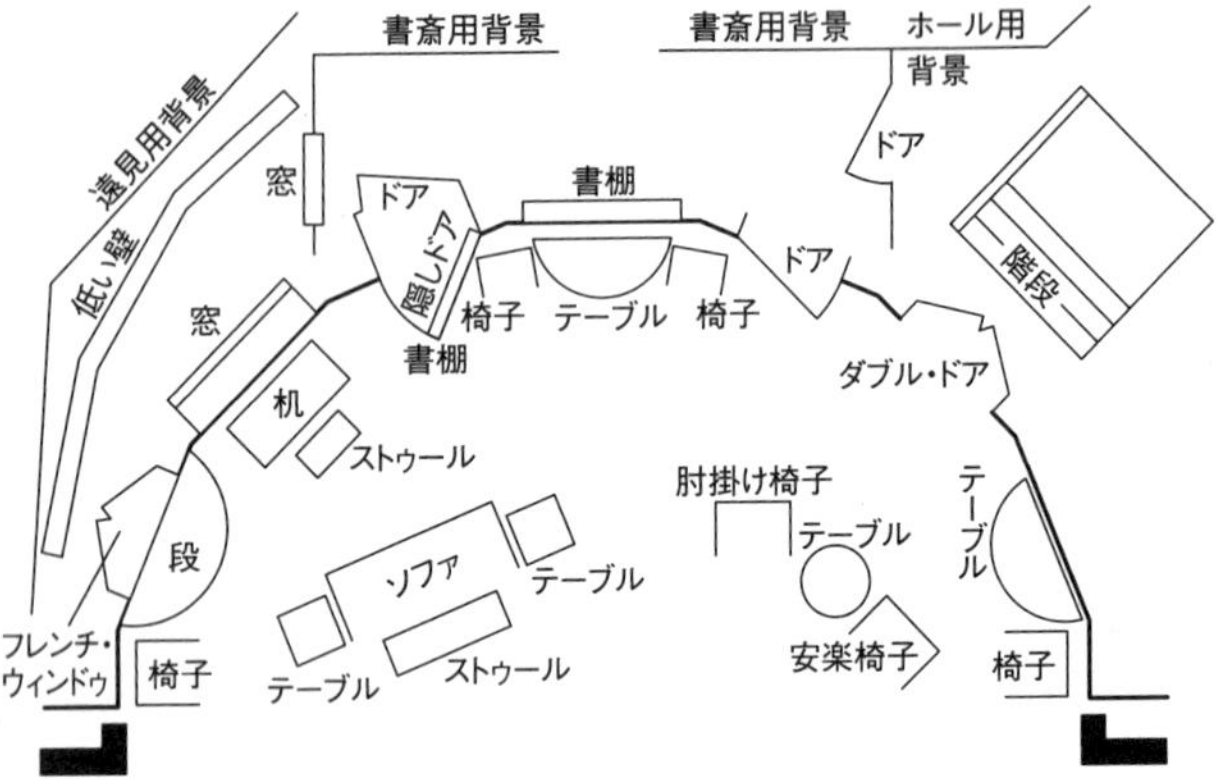
書斎用背景
書斎用背景
ホール用背景
遠見用背景
低い壁
窓
窓
ドア
隠しドア
書棚
書棚
ドア
ドア
階段
椅子
テーブル
椅子
ダブル・ドア
机
ストゥール
段
ソファ
テーブル
テーブル
ストゥール
フレンチ・ウィンドゥ
椅子
肘掛け椅子
テーブル
安楽椅子
テーブル
椅子

場面　ヘイルシャム＝ブラウンの家になっているケント州の〝コップルストーン邸〟の客間。三月のある夕方。

魅惑的で気持ちのよい部屋。下手《しもて》前にフレンチ・ウィンドゥがあり、庭へ通じている。上手《かみて》後ろには玄関へ通ずる二重扉《ダブル・ドア》があり、奥にある階段の昇り口が見える。上手寄り中央後方のドアは書斎へ通ずる。書斎の上手側の壁には玄関へ通ずるドアがあり、下手側の壁には窓があって、庭が見える。客間の下手後ろの窓からも庭が見える。下手寄り中央後方に棚に見せかけた隠しドア、あるいはパネルがある。これは中央後方の造りつけの書棚の下手側に付けられた小さなレバー、あるいはスウィッチで操作する。パネルは客間の内側に開く。パネルが開くと、その奥にややスペースがあり、後方に書斎へ通ずるドアがあるのが分かる。

　客間は当世風の立派な家具類が備えられている。上手前には壁に取りつけられたコンソール・テーブルがあり、電話が置いてある。中央後方の書棚の下にもコンソール・テーブルがあり、下手後ろの窓の前には当世風の立派な机。机の奥寄りの部分には〝隠し引き出し〟が付いている。下手寄り中央にソファがあり、その両側に小さなテーブル。その手前には長いストゥールがある。上手寄り中央に肘掛け椅子。その上手側に安楽椅子《イージー・チェアー》。二つの椅子のあいだには小さなテーブル。その他、机の前のストゥールと背のまっすぐな椅子が四脚ある。室内の照明は天井と壁のあいだの〝なげし《コルニス》〟の内部に設けられた明かりと、下手前、下手寄り中央後方、上手寄り中央後方、上手前の五箇所の壁に取りつけられたブラケットが点《つ》く。〝なげし〟の明かりのスウィッチは玄関へ通ずるドアの後方寄りに、壁のブラケットのスウィッチはその前方寄りにある。

　幕が揚がると上手のコンソール・テーブルの上にトレイがあり、1、2、3と番号を付けたポートワインのグラスが三つ載っている。紙と鉛筆も置いてある。ローランド・デラヘイ卿が肘掛け椅子の左側の肘掛けに坐っている。五十歳ちょっと。

気品があり、際立《きわだ》った魅力がある。彼は目隠しをして、2のグラスの利き酒をしている。ヒューゴー・バーチがローランド卿の上手側に立っている。ヒューゴーは六十がらみ、やや気短かなところがある。彼は3のグラスを持っている。二人は論争中である。

ローランド卿　（試飲しながら）うむ……これは……そう……これはもう分かりきっている……ああ、これはダウの四十二さ。

ヒューゴー　（ローランド卿からグラスを取りながら）ダウの四十二ね……。（ローランド卿に次のグラスを渡し、それから2のグラスをテーブルに置いて、ローランド卿の〝鑑定結果〟を記録する）

ローランド卿はワインを口に含む。そして更にもう一口含んで、自信に満ちた様子でうなずく。

ローランド卿　ああ、これがほんとうのワインというものだ。（ふたたび口に含んで）コックバーンの二十七さ。こんな利き酒で……（ヒューゴーにグラスを渡し）コックバーンの二十七年物を無駄にするとは……。

ヒューゴーはグラスをテーブルに置き記録する。

まったく罰当たりだね。(彼は立って目隠しを外し、それを自分の椅子の背に置く。彼はヒューゴーの下手側に立つ)

ヒューゴー　(メモを見ながら) 今のがコックバーンの二十七だっていうんだな。2番はダウの四十二と……。それで1番が……(蔑《さげす》んだように) リッチ・ルビーのポートワインか。ふん、なんだってクラリサはそんな安物を置いておくんだろう？　さあ、今度はわたしだ。(彼はローランド卿の前を通って目隠しを取り、それをローランド卿に渡し、自分は眼鏡を外す)

ローランド卿　(ヒューゴーの後ろに回り、目隠しをしてやりながら) たぶん、ウサギの蒸し煮かスープの味つけに使うんだろう。さあ、いいぞ、ヒューゴー。三回まわるんだ、子供がよくやっているだろう。(ヒューゴーを椅子の下手側へ連れてゆき、ぐるりと彼を回す)

ヒューゴー　おい、もういいよ。

ローランド卿　見えないだろうな?

ヒューゴー　(手探りで椅子を捜し)ああ、見えやしないよ。

　ローランド卿はヒューゴーを椅子に坐らせ、テーブルの方へ行く。

ローランド卿　じゃ、代わりにグラスの方を回しておこう。(とグラスの載ったトレイをちょっと回す)

ヒューゴー　そんな必要ない。わたしがきみの言ったことなんかに影響されると思うのか? ポートワインの利き酒に関しちゃまだまだきみなんかに負けやせんよ。

　ジェレミー・ウォリンダーがフレンチ・ウィンドゥから入る。エレガントな青年でレインコートを着ている。彼は息せき切ってとび込んできて、急いでソファの後ろを回り、上手側へ行く。

ローランド卿　用心に越したことはない。(彼は3のグラスを取る)

ジェレミー　(息を切らせ)何をやっているんです。グラスに番号なんか付けちゃっ

て？　マジックショーでもはじまるんですか？　（彼はレインコートとジャケットを脱ぐ）

ヒューゴー　なんだ！　犬でもとび込んできたのか？

ローランド卿　（ヒューゴーの上手側に行き、大声で叫ぶ）ウォリンダー君がとび込んできただけだ。

ヒューゴー　そうか……犬がウサギでも追いかけているのかと思った。

ジェレミー　レインコートを着たまま表門まで三回往復したんです。チェコスロバキアの大使は四分五十三秒でやったっていうんですよ。しかし、ぼくはいくらやっても六分十秒はかかってしまうんです。（ソファにがっくりと坐りこむ）ほんとにそんな時間で三回往復できたなんて信じられないなあ。オリンピック選手だって、どうかってとこですよ。

ローランド卿　チェコスロバキアの大使の話というのは誰に聞いたんです？

ジェレミー　クラリサさんです。

ローランド卿　クラリサか！

ヒューゴー　（吹き出して）なんだ、クラリサか。クラリサの言うことなんか真《ま》に受けちゃだめだよ。

ローランド卿　この家の女主人のことがよく分かっていないようですね、ウォリンダー君。彼女はきわめて想像力豊かな女性でしてね……。
ジェレミー　（立ちあがりながら）じゃ、その大使の話はみんな嘘だっておっしゃるんですか？
ローランド卿　（3のグラスをヒューゴーに渡しながら）まあ、彼女ならやりかねませんね。
ジェレミー　クラリサさんが来れば分かります。ぼくは言ってやることがあるんです。ああ、もうくたくただ。

ジェレミーは玄関の方へ行き、レインコートを階段に置いて戻る。

ヒューゴー　そんなにハアハア言わないでくれ。気が散ってしようがない。これには五ポンド賭かっているんだ。ローリーと賭けをしたんでね。

ローランド卿は1のグラスを取る。

ジェレミー　（中央へ行きながら）へえ、なんの賭けです？

ヒューゴー　ポートワインの利き酒さ。コックバーンの二十七年物、ダウの四十二年物、そこらのスーパー・マーケットで買った安物と三種類あるんだ。まあ、静かにしてくれ。今が大事なところだ。（彼はワインを口に含む。はっきりしない様子で）うむ……これね……。

ジェレミーはソファの左側の肘掛けに坐る。

ローランド卿　どうだね？

ヒューゴー　せかせないでくれよ、ローリー、どうもきみはせっかちだからいかん。次のは？（3のグラスを右手に持つ）

ローランド卿は1のグラスをヒューゴーに渡す。

ローランド卿　（1のグラスを口に含んで）うむ、この二つには自信がある。（3のグラスをローランド卿に渡し）こっちはダウだ。二番目のはコックバーンだね。（1のグラスを

（ローランド卿に渡す）

ローランド卿はグラスをテーブルに置き記録する。

ローランド卿　（メモに書きながら）3番がダウ、1番がコックバーン……。
ヒューゴー　三番目は試すまでもないが、まあ一応やってみよう。
ローランド卿　（2のグラスを渡しながら）さあ、これだ。
ヒューゴー　（すすりながら）これはひどい！　なんとも言いようのないまずさだ。
（ローランド卿にグラスを返し、唇をぬぐう）

ローランド卿はテーブルの方へ行く。

このいやな味が舌から消えるには一時間はかかるよ、さあ、ローリー、目隠しを外してくれ。

ローランド卿はワインを試してみる。

ジェレミー　（立ってヒューゴーの後ろへ行き）ぼくがやりますよ。（と目隠しを外してやる）

ローランド卿　それがきみの鑑定か？　2番がスーパーの安ワインね。ばかばかしい！　これはダウの四十二さ、絶対間違いない。

　ジェレミーはローランド卿の後ろを回って彼の上手側に立つ。

ヒューゴー　（目隠しをポケットに入れながら）ふん！　きみは味音痴なんだよ。

ジェレミー　ぼくにもやらせてください。（三つのグラスをつぎつぎに口に含んで）みんな同じみたいだけどなあ。

ヒューゴー　若い者はそれだからいかん。しょっちゅうジンなんか飲んでいるから、舌がばかになっているんだ。

　クラリサ・ヘイルシャム＝ブラウンが書斎から出てくる。

クラリサ　どう、もう分かった？
ローランド卿　ああ、クラリサ、もう分かったよ。
　　クラリサはヒューゴーの下手側へ行く。
ヒューゴー　1番はコックバーン、2番はスーパーの安物、3番はダウだ。そうなんだろう？
ローランド卿　何をばかな。1番が安物、2番がダウ、3番がコックバーンだ。間違いないだろう？
クラリサ　ご苦労様。（彼女はヒューゴーにキスし、それからローランド卿にキスして）さあ、そのトレイ、ダイニング・ルームに返しておいてね。（中央後方のテーブルへ行き）デカンターがサイドボードに置いてあるわ。（テーブルの上の箱からチョコレートを一つ取って、ソファの方へ行く）
ローランド卿　（グラスを載せたトレイを取りながら）デカンター？
クラリサ　（ソファの左側の端に坐りながら）ええ、デカンターが一つ。（脚をストゥールに載せ）それはみんな同じ《おんな》ポートワインよ。

ジェレミーは笑い出し、ソファの上手側へ行く。ヒューゴーは立ちあがって、椅子の後ろに立つ。

ローランド卿　クラリサ、おまえは破廉恥《はれんち》きわまるペテン師だな！

クラリサ　だって、今日は午後からずっと雨だったから、叔父様たちゴルフができなかったでしょう。だから、少し楽しませてあげようと思ったの。でも、ほんとに楽しかったでしょう？

ローランド卿　何が楽しかったでしょうだ。まったくけしからん、年上の者をかついだりして。（と玄関のドアの方へ行く）

ヒューゴー　（同じく玄関のドアの方へ行き、笑いながら）誰だったかな、コックバーンの二十七なら、いつどこでも分かると宣《のたも》うたのは？

ローランド卿　もういいよ、ヒューゴー。それよりもう少し飲もうじゃないか。

ローランド卿とヒューゴーは話しながらホールへと出ていき、ヒューゴーがドアを閉める。

ジェレミー　（中央前に出ながら）ところでクラリサさん、チェコスロバキアの大使の話の方はどうなんです？
クラリサ　どうって？
ジェレミー　ほんとにレインコートを着たまま表門まで三回走って往復したんですか、しかも、四分五十三秒で？
クラリサ　チェコスロバキアの大使ってほんとにいい方よ。でも、もう六十を越しているから、最近は走ったことなんかないんじゃないかしら。
ジェレミー　じゃ、やっぱり嘘だったんですね。どういうわけです？
クラリサ　これじゃ運動不足になっちゃうって、一日じゅう文句を言ってたからよ。
ジェレミー　クラリサさん、あなたはほんとうのことを言うことはないんですか？
クラリサ　もちろんあるわよ……たまに。でも、ほんとのことを言うと誰も信じてくれないの。変な話よね。人間って嘘をつくときは割に真剣になるものでしょ、それでかえってほんとうらしく聞こえるものなのよ。（立ってフレンチ・ウィンドゥの方へ行く）
ジェレミー　体中の血管が張り裂けるんじゃないかと思いましたよ。そうなったって、あなたは気にもとめないでしょうがね。

クラリサ　（笑いながら）晴れてきそうだわ。今夜はきっとすてきな夜になるわよ。雨のあとのお庭って、なんともいえない、いい香りがするんだから。（くんくん匂いをかいで）スイセンの香りだわ。

ジェレミー　ほんとうに好きなんですか、こんな田舎の生活が？

クラリサ　大好きよ。

ジェレミー　（ソファの後ろを回ってクラリサの方へ行きながら）いや、ひどく退屈しているにちがいない。あなたには似合いませんよ、こんな生活は。あなたはやはりロンドンで華やかな生活を送るべきです。

クラリサ　（ソファとストゥールのあいだを通って中央へ行き）パーティに出たり、ナイト・クラブへ行ったり？

ジェレミー　あなたなら社交界の花形になれますよ。

クラリサ　（肘掛け椅子の後ろを回ってジェレミーの方を向きながら）社交界の花形だなんて古めかしい小説に出てきそう。それに、外務省のパーティなんてひどく退屈だし。

ジェレミー　（クラリサの方へ行きながら）しかし、もったいないですよ。（クラリサ

の手を取ろうとする）

クラリサ　（手を引っこめて）何が？

ジェレミー　あなたがこんなところでくすぶっているなんて。それにヘンリーもいるし……。

クラリサ　ヘンリーがどうかした？　（安楽椅子《イージー・チェアー》の後ろへ行き、クッションを軽く叩く）

ジェレミー　なんだってヘンリーなんかと結婚したのか、ぼくには想像もつきませんよ。あんなに年上だし、学校へ行っている娘までいるんじゃありませんか。（肘掛け椅子にもたれて）たしかに優秀な男ですよ、それはぼくも疑いません。しかし、あの横柄なもったいぶった態度はどうです。のんべえみたいな顔をして歩き回っている。（間を置き）退屈なこと、どんより淀《よど》んだドブ川のごとしだ。

間がある。クラリサはそのあいだにジェレミーの前を通り中央へ行く。

ユーモアのセンスもないし……。

クラリサはジェレミーを見て、微笑する。

クラリサ　やあ、こんなことは言うべきじゃなかったかもしれませんね。

ジェレミー　（ストゥールの右端に坐りながら）わたくしはかまわないわよ。なんでも好きなようにおっしゃい。

クラリサ　（クラリサの上手側に坐りながら、熱心に）それじゃ、あなたも認めているんですね、間違っていたって？

ジェレミー　（穏やかに）わたくし、間違ってなんかいないわ。（からかうように）わたくしを口説くつもりなの、ジェレミー？

クラリサ　ええ、そうです。

ジェレミー　すてきだわ。さあ、続けて。（と左の肘で彼を突く）

クラリサ　（立って彼女の方を向き）ぼくはあなたを愛しています。

ジェレミー　（にこにこして）嬉しいわ。

クラリサ　そんな答え方ってありませんよ。〝残念だわ〟って、深い、同情をこめた声で言うべきです。

クラリサ　だって、べつに残念じゃないんですもの。わたくし、嬉しいわ。人に愛してもらうって大好き。

ジェレミーは彼女の横に坐り、うんざりした様子で顔をそむける。

ジェレミー　あなた、わたくしのためだったらなんでもしてくださる？

クラリサ　（真剣な様子で彼女の方を向き）ええ、なんでも。

ジェレミー　ほんと？　じゃ、もしもわたくしが誰かを殺したとしたら、あなた……いいの、こんな話やめましょ。（彼女は立ちあがって、ソファの右側へ行く）

クラリサ　（ストゥールに坐ったまま向きを変えて、クラリサの方を向き）いや、続けてください。

ジェレミー　（ソファの右側の端にもたれて）今あなた言ったでしょ、わたくしは退屈しているんじゃないかって？

クラリサ　ええ。

ジェレミー　まあ、ある意味じゃたしかに退屈しているわ。と言うより、あの密《ひそ》かな趣味がなかったら、退屈しているだろうって言うべきかな。

クラリサ　なんです、その密かな趣味っていうのは？

クラリサ　わたくしの人生って、いつも平穏で幸せだったでしょう、刺激的なことは何一つ起こらないし。だからわたくし、ちょっとした憂さ晴らしを思いついたの。名付けて〝もしも……〟。まあ、空想ゲームよ。

ジェレミー　〝もしも……〟？

クラリサ　そうよ。（ソファの後ろを回って中央へ行き）つまりね、〝もしも〟ある朝、書斎に降りてきて死体を見つけたら、わたくしはどうするか？　〝もしも〟ある日、一人の女がここに現われて、じつは彼女とうちのヘンリーはコンスタンティノープルで密かに結婚しているから、わたくしたちの結婚は無効だって言ったとしたら、わたくしはその女になんと言うか？　〝もしも〟自分の国を裏切るか、ヘンリーが目の前で撃ち殺されるか、二つに一つを選ばなければならないとしたら、どうするか？　（不意にジェレミーに微笑《ほほえ》みかけ）〝もしも〟（肘掛け椅子に坐り）ジェレミーと駆《か》け落ちしたとしたら、次はどうなるか？

ジェレミー　（彼女のそばにひざまずき）それは光栄です。で、次はどうなるんです？（と彼女の右の手を取る）

クラリサ　（手を引っこめて）このあいだ考えたときは、あなたとリビエラへ逃げたわ。そうしたらヘンリーが追っかけてくるの、ピストルを持ってね。

ジェレミー　ヒャー！　それでぼくは撃たれたんですか？

クラリサ　ヘンリーはこう言ったわ。（ドラマティックに）〝クラリサ、君がわたしと一緒に帰るか、わたしが自殺するか、道は一つだ〟

ジェレミー　（立って中央前方へ行きながら）ずいぶん寛大なんですね。およそヘンリーらしくない。それで、あなたはなんて言ったんです？

クラリサ　（微笑みながら）両方やってみたわ。

ジェレミー　（肘掛け椅子の後ろへ回り）それはたしかに楽しいでしょうね。

ピパ・ヘイルシャム＝ブラウンがホールから入る。ひょろ長い少女で十二歳。制服を着、手さげカバンを持っている。

ピパ　ただいま。

ジェレミーはソファの後ろに回り、背もたれに坐る。

クラリサ　お帰りなさい。遅かったわね。

ピパ　（安楽椅子《イージー・チェアー》の方へ行きながら）音楽があったから。（帽子とカバンを椅子に置き）何かある？　もう飢え死にしそう。

クラリサ　（立って肘掛け椅子の後ろへ行きながら）菓子パンは食べなかったの、バスのなかで？

ピパ　（クラリサの上手側へ行き）食べたわよ。でも、三十分も前だもん。ケーキか何かない、お夕食まで持つようなもの？

クラリサ　（ピパをホールの方へ連れていき、笑いながら）何かあると思うわ、捜してみましょう。

　　クラリサとピパはホールへ退場。

ピパ　（出ていきながら）上にさくらんぼが付いてるケーキは？

クラリサ　（奥で）もうないわよ、昨日あなたが食べちゃったじゃない。

　　ジェレミーは立ちあがって机の方へ行き、引き出しを一つか二つ急いで開ける。

ミス・ピーク　（奥で、大きな声で）オーイ、そこの人！

ジェレミーはびくっとして、あわてて引き出しを閉める。昼の光はしだいに薄れ、夜のとばりが下りはじめる。

ミルドリッド・ピークがフレンチ・ウィンドゥから登場。大柄で陽気な顔立ちの四十ちょっとの女。ツイードを着、ゴムの長靴を履いている。

ジェレミー　（フレンチ・ウィンドゥの上り段に立ち）奥さんはいます？

ミス・ピーク　（ソファの下手側へ行きながら）ええ、ピパのおやつを捜しに今そっちへ行きました。

ジェレミー　子供は間食しちゃいけないのに。

ミス・ピーク　行ったらどうです、ピークさん？

ジェレミー　そうね、こんな長靴だから。（笑って）これで入ったら、庭だか部屋だか分からなくなってしまうもの。（ふたたび笑って）明日のお昼はどんな野菜がいるか聞きたかっただけなのよ。

ジェレミー　それはぼくには……。
ミス・ピーク　じゃ、また来るわ。（彼女は行きかかり、それからジェレミーの方へ振り返り）その机は大事にしなきゃだめよ。
ジェレミー　ええ、分かっています。
ミス・ピーク　とても値打ちのある骨董品なのよ。引き出しをあんなふうにねじっちゃいけないわ。
ジェレミー　すみません、ちょっと便箋を捜していたものですから。
ミス・ピーク　小さい引き出しの真ん中にあるわ。

ジェレミーは机の方へ行き、真ん中の小引き出しを開け、便箋を取り出す。

あったでしょ？　人間っておかしなもんですね、目の前にあってもぜんぜん気がつかないことがあるんだから。

ミス・ピークはさも愉快そうに笑い、フレンチ・ウィンドゥから出ていく。ジェレミーも一緒になって笑うが、彼女が出ていってしまうと不意に真顔になる。

ピパが菓子パンをむしゃむしゃ食べながらホールから出てくる。

ピパ　すっごくおいしいパンだわ。（ホールのドアを閉める）

ジェレミー　学校はどうだった、今日は？

ピパ　（上手寄り中央のテーブルへ行きながら）最低。（パンをテーブルに置く）社会科なんて、もう死にそう。（安楽椅子《イージー・チェアー》の肘掛けにかぶさるようにしてカバンを開け）ウィルキンソン先生って社会がとても好きなの。だから、ベルが鳴ってもまだやってるんですもの。（カバンから本を一冊取り出す）

ジェレミー　好きなのはなんだい？

ピパ　生物よ。もう最高。

ジェレミーはソファの左側の端に坐る。

昨日はカエルの脚を解剖したわ。（ジェレミーの方へ行き、彼の顔の前に本を突き出して）見て、露店の古本屋で買って来たの。（肘掛け椅子に坐り）すっごく珍しいものだと思うわ。百年以上前のものよ。
ジェレミー　なんの本だい、いったい？
ピパ　まあ秘伝みたいなものよ。（本を開ける）うー、面白い！　ぞくぞくしちゃう！
ジェレミー　なんの秘伝だ？
ピパ　（本に没頭していて）えっ？
ジェレミー　（立ちあがって）よほど面白いらしいね。
ピパ　うん？　（一人で）ウーッ！
ジェレミー　（ストゥールの前へ行き）二ペンスの値打ちは十分あるようだな。（ストゥールの上の新聞を取る）
ピパ　蜜蠟のロウソクと動物の油のロウソクとどう違うの？
ジェレミー　動物性油脂を使ったロウソクはやっぱりだいぶ落ちると思うよ。でも、まさかそれを食べるんじゃないだろうね？
ピパ　（立ちあがって、とても面白がって）〝それは食べられますか〟……。なんだか〝二十の扉〟のクイズみたい。（彼女は笑って本を安楽椅子《イージー・チェアー》にほうり投げ、中央後方へ行って書棚の一番下の棚からトランプを取る）〝悪魔のペイシェンス〟っていう一人占い知ってる？　（中央前方へ行く）

ジェレミー　（新聞に夢中になって）うむ……

ピパ　ババ抜きなんてやりたくないでしょう？

ジェレミー　ああ。（新聞をストゥールに置き、机に行って坐り、封筒に宛名を書く）

ピパ　だろうと思った。早くお天気にならないかな。退屈しちゃう。（彼女は中央前の床にひざまずいてトランプを並べ、〝悪魔のペイシェンス〟をはじめる）田舎にいてもなんにもならないわ、雨ばっかしだと。

ジェレミー　田舎で暮らすのは好きかい？

ピパ　大好き。ロンドンなんかよりぜんぜんいいわ。だいいち、ここは魔法の家なのよ。テニスコートや何かみんなあるし、秘密の隠れ家まであるんだから。

ジェレミー　秘密の隠れ家……この家に？

ピパ　ええ。

ジェレミー　信じられないね。今時そんなものが……。

ピパ　あたしが名付けたの。見せてあげる。（彼女は立って書棚の右側の端へ行く。その本を一冊取り、書棚の下手の壁面にある小さなレバーを下げる）

書棚と下手寄り中央後方の窓とのあいだの隠しドアがギーッと開き、ちょっとしたスペースの部屋が現われる。その部屋の後方の壁にも隠しドアがあり、書斎へ通じている。

ジェレミー　ほんとは隠れ家っていうほどじゃないんだけど。あのドアから書斎へ行けるのよ。（立ちあがって〝隠れ家〟へ行き）へえ……（〝隠れ家〟に入り、後ろのドアを開け、書斎のなかをちらりと見てドアを閉める）なるほどね。（部屋に戻る）

ピパ　でも、これ秘密よ。知らなかったらこんなとこに部屋があるなんてぜんぜん分かんないでしょ？　（レバーを上げる）

パネルが閉まる。

ジェレミー　あたしはいつもここを使っているの。死体を隠すにはとっても便利よね。絶対そのために作ったのさ。

ピパは中央前方へ行き、ひざまずいてふたたび一人占いをはじめる。

クラリサがホールから入り、上手寄り中央のテーブルへと行く。

クラリサ　(クラリサに)女子プロレスラーが捜していましたよ。

クラリサ　ピークさん？　ああ、聞いただけでげんなり……。(ピパのパンを取って一口かじり、ピパの後ろを回ってソファの上手側へ行く)

ピパ　(立ちあがって)ワァーッ！　あたしのパンよ！

クラリサ　ケチ！　(パンをピパに返す)

ピパはパンを上手寄り中央のテーブルに置き、ふたたびひざまずいて一人占いを続ける。

ジェレミー　あの女子プロレスラー、いきなり〝オーイ！〟だなんて。ぼくを船と間違えてるんじゃないかな。それから、この机の扱い方が乱暴だって叱られましたよ。

クラリサ　(ソファの左端にもたれて)ひどい厄介者《やっかい》なんだけれど、家付き娘みたいなもので、この家を借りているかぎり、あの人が付いて回ることになっているの。(ピパに)ブラックの10がレッドのジャックの上に行けるわ。(ジェレミーに)でも、庭の手入れや野菜作りはとってもよくやってくれるわ。
ジェレミー　いい庭師ですね。（クラリサの下手側へ行き、彼女の腰に手を回す）今朝寝室の窓から見たら、彼女、大きな墓穴みたいなものを掘ってました。
クラリサ　深い堀割を作っているのよ。
ジェレミー　（ピパに）レッドの3がブラックの4の上に行けるよ。

ピパは腹を立てる。
ローランド卿とヒューゴーが書斎から出てくる。ローランド卿はジェレミーを見る。ジェレミーはクラリサから離れ下手へ行く。

ローランド卿　やっと晴れてきたようだ。しかし、もうゴルフには遅いな。（ピパの上手側へ行き）日が暮れるまで二十分くらいしかない。（足でカードを指し、ピパに）ほら、それがそっちへ行く。（彼はフレンチ・ウィンドゥの方へ行く）クラブ・ハウスまで行ってみてもいいな。
ヒューゴー　（ピパの後ろへ行きながら）コートを取ってくるよ。（ピパの上に屈みこんで、カードを指し示そうとする）

ピパは怒って、カードの上に身を屈め、身体でカードを隠す。

ジェレミー　（ジェレミーに）きみはどうするね？

ジェレミー　（ホールのドアの方へ行きながら）ぼくもジャケットを取ってこなきゃ。

ヒューゴーとジェレミーはドアを開け放したまま、ホールへ退場。ジェレミーは二階へ行き、降りてきたエルジンとすれ違う。

クラリサ　（ローランド卿に）お夕食、クラブ・ハウスでほんとにいいの？

ローランド卿　（クラリサの下手側へ行き）かまわないさ。そうした方がいいよ、使用人たちの外出日なんだから。

中年の執事エルジンがホールから入る。

エルジン　（上手後方へ行きながら）お嬢様、お勉強部屋におやつのご用意をいたしておきました。

ピパ　（とびあがって）ああ、よかった！　もう飢え死にしそうだったの。（彼女はホールのドアの方へとんで行く）

クラリサ　ほらほら、その前にトランプを片付けなきゃだめじゃないの。

ピパ　ふん、面倒くさいな。（彼女は中央前方へ行き、ひざまずいてゆっくりとカードをかき集め、ソファの左側の端に積み重ねる。次のやり取りのあいだ、ピパはゆっくりとカードをまとめていくが、スペードのエースがソファ下の左側の端に残ってしまう）

エルジン　失礼でございますが、奥様。

クラリサ　（エルジンの下手側へ行きながら）なあに、エルジン、どうかしたの？

エルジン　じつはその……ちょっと野菜のことで……不愉快なことがございまして……。

クラリサ　まあ……ピークさんのことね？

エルジン　はい、そうなんでございます。家内はピークさんにほとほと手を焼いておりまして……。あの方は始終台所へ入ってきては、あれこれあら捜しはする、いろいろ口出しはするといった按配《あんばい》で、家内はもうすっかり閉口しております。わたくしどもはどちらへ参りましても、お庭との関係はとてもうまくやってきたのでございますが。

クラリサ　ごめんなさい。まあ……なんとか……その……うまくいくようにやってみるわ。

エルジン　よろしくお願いいたします。

エルジンはホールへ出てゆき、ドアを閉める。

クラリサ　(肘掛け椅子の後ろへ行きながら)どうしてああうるさいのかしら、ああいう人たちって。それに、どうしてああいう奇妙な言い方をするの、〝お庭との関係はとてもうまくいっていた〟だなんて？　まるで恋人か何かみたい。

ローランド卿　いや、あんな夫婦を獲得したのは幸運だよ。どこで見つけたんだ？

クラリサ　職業紹介所よ。

ローランド卿　どこの馬の骨か分からんって言う手合いじゃないんだろうな？

クラリサ　大丈夫でしょ。さあ、ピパ、早くなさい。

ピパ　(カードを取り、立ちあがって中央後方へ行きながら)ハイ！　(とカードを書棚に戻し)いつも片付けないですむようだったらどんなに幸せだろう。(彼女はホ

ールのドアへ行きかかる）

クラリサ　（上手寄り中央のテーブルから菓子パンを取って）ほら、パンを持っていらっしゃい。（とピパにパンを渡す）

ピパは出ていきかかる。

カバンも。

ピパは安楽椅子《イージー・チェアー》へ走ってゆき、カバンをひっつかんでホールのドアの方へ行く。

帽子！

ピパはパンをテーブルに置き、帽子を取ってホールの方へ走る。

パン！　（クラリサはパンを取ってピパの方へ行き、ピパの口にパンを押しこみ、帽子を取ってピパの頭に押しかぶせ、ホールへ押し出す）ドアを閉めて。

ピパはホールへ出て、後ろ手でドアを閉める。部屋の明かりがやや薄れはじめる。ローランド卿は笑う。クラリサも笑いながらソファの上手側のテーブルへ行き、箱からタバコを取る。

ローランド卿　すばらしいよ。あの子はすっかり変わったね。ほんとによくやったな、クラリサ。

クラリサ　（ソファの左端に坐って）今じゃほんとにわたくしが好きなようだし、信頼してくれているんだと思うわ。継母《ままはは》っていうのも悪くないわよ、わたくし、すっかり気に入っているの。

ローランド卿　（ソファの上手側のテーブルからライターを取り、クラリサのタバコに火をつけてやりながら）あの子は正常な、幸せな子に戻ったようだ。

クラリサ　田舎に住むようになったのがよかったんだと思うわ。それにとてもいい学校に入ったし、学校のお友だちもたくさんできたから。そう、あの子はたしかに幸せだと思うわ、それに、叔父様の言う通り、〝正常〟にもなったわよ。

ローランド卿　(ストゥールの前を通って、その下手側へ行き) ほんとにショックだったよ、子供があんなふうになってしまうなんて。ミランダを絞め殺してやりたかった。

クラリサ　ピパもあの人をほんとに恐がっていたわ、実の母親だっていうのに。

ローランド卿　(クラリサの下手側に坐って) まったくひどい話だ。

クラリサ　いつも腹が立ってくるの、ミランダのことを考えると。ヘンリーをどれほど傷つけたか、あの子をどんな目にあわせたか……。わたくし、今でも分からないわ、女として、どうしてあんなことができるか。

ローランド卿　麻薬っていうのは恐いよ。人ががらりと変わってしまうんだから。

クラリサ　そもそも、どうしてそんなものに手を出したのかしら?

ローランド卿　それはオリバー・カステローっていうあの豚野郎のせいだろう。あいつは麻薬の売人か何かやっているにちがいない。

クラリサ　恐ろしい人だわ、あの人は。ほんとうの悪人だって、わたくしいつも思っているの。

ローランド卿　ミランダはあいつと結婚したんだろ?

クラリサ　ひと月くらい前にね。

ローランド卿　ヘンリーもよかったよ、ミランダなんか厄介払いして。あの男はほんとにいいやつだからな。（強調して）ああ、ヘンリーはほんとにいいやつさ。

クラリサ　（穏やかに）そんなこと、言われないでも分かっているつもりだけれど？

ローランド卿　あいつはあまり口を利かないし、感情を外に表わさない方だが、どこまでも堅実な、実《じつ》のある男だ。（間を置いて）ところで、あのジェレミーなんとかいう若い男だが、よく知っている男なのか？

クラリサ　（微笑みながら）とっても面白い人だわ。

ローランド卿　ふん、面白いか！　近頃はみんなそんなことにばかり関心を持っている。人間は面白きゃいいっていうものじゃないんだ。おまえ……おまえ、何かばかな真似をするんじゃないぞ、いいな？

クラリサ　〝ジェレミー・ウォリンダーなんかに惚れてはいかん〟。そうおっしゃりたいんでしょ？

ローランド卿　ああ、あんなやつに惚れるなんてひどくばかげているからな。いいか、クラリサ、わたしはおまえの成長をずっと見守ってきた。わたしにとっておまえはかけがえのない大事な姪なんだ。もし何か困ったことでもあったら、後見人のわたしのところへまっさきに来るんだぞ、いいな？

クラリサ　もちろん、そうするわ。（彼にキスして）ジェレミーのことは心配ないわよ。
　ミス・ピークがフレンチ・ウィンドゥから入る。彼女は靴下だけの素足で、手にはブロッコリーを持っている。

ミス・ピーク　こんな格好でごめんなさい、奥さん。（ソファの後ろへ行き）部屋を汚しちゃと思って、外《おもて》に長靴を脱いできたものだから。いえね、ちょっとこのブロッコリーを見せたいと思って。（彼女は好戦的な態度でブロッコリーをソファの背の上にかざし、それをクラリサの鼻先に突きつける）
クラリサ　ああ……とても、よさそうね。
ミス・ピーク　（ローランド卿の鼻先にブロッコリーを押しつけ）見てごらんなさい。
ローランド卿　（しげしげと見つめて）べつに悪いところもないようだが……。（とブロッコリーを手に取る）
ミス・ピーク　もちろん、悪いとこなんかありゃしませんよ。ところが、これとまったく同じようなのを昨日持ってきたら、台所の女《おんな》がね……いえ、あたしだって、奥さんとこで使っている人の悪口なんか言いたかないですよ……まあ、その気になりゃ言いたいことは山ほどありますがね……でもね、あのエルジンっていう執事のカミさんがこうぬかしやがったんです。〝こんなブロッコリーじゃとても料理はできないよ。菜園でこんな野菜しかできないようだったら、商売をかえた方がいいよ〟って。いや、もう、腹が立って、叩き殺してやりたいと思いましたよ。

クラリサは何か言いかかる。

あたしだって面倒は起こしたかないですよ。でもね、台所へ行くたんびにああいう無礼な台詞《せりふ》を聞くのはごめんですね。これからは野菜は勝手口の外に置いておいて、あいつらの欲しいものも……

ローランド卿はブロッコリーを上に差し出す。ミス・ピークはそれを無視して。

……紙に書いて外に出させておこうかと思ってます。

電話のベルが鳴る。

（ミス・ピークは肘掛け椅子の後ろを回って電話の方へ行き）出ましょう。（受話器を取って）もしもし……はい、そうです……（上っ張りの端でテーブルの上をふき）コップルストーン邸ですが……ブラウンさんの奥様？……ええ、いますよ。

（ミス・ピークは受話器を差し出す）

クラリサはタバコをもみ消し、椅子の前を通って、受話器を取る。

クラリサ　（受話器に）もしもし、ヘイルシャム……もしもし……もしもし……変ね、切ってしまったようだわ。（彼女は受話器を置く）

ミス・ピークは不意に前に出て、上手のコンソール・テーブルをたたみ込む。

ミス・ピーク　失礼。セロンさんはいつもテーブルをこうやって壁にたたみ込んでおくのが好きだったものですからね。

クラリサはミス・ピークを手伝う。

あっ、どうも。それから、よく気をつけてくださいね……（肘掛け椅子の後ろへ行き）コップなんかで家具にシミをつけないように。

クラリサは心配げにテーブルを見る。

お願いしますよ、ブラウン＝ヘイルシャムさん、いや、ヘイルシャム＝ブラウンさん、（親しみをこめた元気な笑い方をして）でもね、ブラウン＝ヘイルシャム、ヘイルシャム＝ブラウン、どっちだって同《おん》じ《な》ゃありませんか。カレー・ライスとライス・カレーみたいなものだ。（と中央へ行く）

ローランド卿（はっきりとした口調で）いや、それは違います。国家警察と警察国家、女の政治家と政治家の女、精神病の医者と医者の精神病、いずれもはっきりとした違いがあります。

ミス・ピークは心から笑う。

ヒューゴーがホールから入る。

ミス・ピーク　（ヒューゴーに）またブラウン＝ヘイルシャムさんだなんて言って叱られてたとこですよ。嫌味たっぷりにやられました。（ヒューゴーの背をドンと叩いて）それじゃ、みなさん、失礼。（ソファの後ろへ行き）ぼちぼち帰らないとね。ブロッコリーをください。

ローランド卿はブロッコリーをミス・ピークに渡す。

国家警察と警察国家、女の政治家と政治家の女ね……なるほど……こいつは憶えておかなきゃ。

ミス・ピークは笑いながらフレンチ・ウィンドゥから出ていく。

ヒューゴー　（中央へ行きながら）ヘンリーもよく我慢しているな、あの女に。

クラリサ　(安楽椅子《イージー・チェアー》からピパの本を取り、それを上手寄り中央のテーブルに置きながら)どういう人なのか計りかねているようよ。(彼女は安楽椅子《イージー・チェアー》に坐る)

ヒューゴー　そうだろうな。とても一筋縄じゃいかない女だ。あの元気潑剌《はつらつ》とした女学生みたいな態度の裏には何かある。

ローランド卿　発育不全なんじゃないか、頭の方が。

クラリサ　たしかにちょっと腹の立つ人だけれど、庭師としては最高よ。それに、あの人はこの家の付属品みたいなものなのよ。まあ家賃がものすごく安いから……。

ヒューゴー　安い？　ほんとかい？　驚いたね。

クラリサ　ほんとに信じられないくらい安いの。広告に出ていたから見にきたんだけれど、早速、その場で決めてしまったわ。家具付きで六カ月っていう約束で。

ローランド卿　家主は誰なんだ？

クラリサ　セロンさんとかいう人よ。でもその方は亡くなったの。メイドストーンで骨董屋さんをしていたんですって。

ヒューゴー　知ってるよ。セロン&ブラウン骨董店って言うんだ。わたしも一度チッペンデール風の鏡を買ったことがある。セロンはここに住んでいて、毎日メイドストーンに通ってたんだ。しかし、ときどきここにも客を連れてきていたようだな。

クラリサ　そのせいだわ、ときどき妙な人が来るのよ。つい昨日も、すごく派手なチェックのスーツを着た男の人がスポーツ・カーでやって来て、あの机を買いたいっていうの。これは家《うち》のものじゃないからお売りするわけにはいきませんって言ったんだけれど、まるで信じようとしないで、どんどん値段をつり上げていったわ。最後には、五百ポンドでどうだって。

ローランド卿　（びっくりして）五百ポンド！　（立ちあがって机の後ろ寄りの端へ行き）これがねえ！　骨董品のセリ市に行ったたって……

ヒューゴーはソファの後方へ行く。
ピパがホールから出てきて、肘掛け椅子の後ろへ行く。

ピパ　まだお腹すいてるな。

クラリサ　そんなばかな。

ピパ　ほんとよ。ミルクとチョコレート・ビスケットとバナナだけなんですもの。少しもお腹が一杯になりゃしない。（ピパは肘掛け椅子の右側の肘掛けに坐る）

ローランド卿　いい机だ。本物にはちがいない。しかし、収集家が騒ぐようなものじゃないが……。
ヒューゴー　ひょっとすると秘密の引き出しがあって、ダイヤのネックレスでも入っているのかもしれないぞ。
ピパ　秘密の引き出しはあるわよ。
クラリサ　ほんと！
ピパ　このあいだ古本屋さんでね、古い家具の秘密の引き出しのことがみんな書いてある本を見つけたの。それでこの家の家具をみんな試してみたんだけど、秘密の引き出しが付いているのはそれだけだったわ。（彼女は立って）いい、見せてあげる。（机へ行き、後方の引き出しを操作する）

クラリサは立ちあがり、ソファの上に膝をつき、後ろ向きでその背にもたれる。

（ピパは机の垂れ板を持ちあげ、引き出しを一つ引く）いい、これを引き出すと、下に留め金みたいなものが付いているの。
ヒューゴー　ふーん。べつにたいした秘密じゃないじゃないか。

ピパ　あら、これだけじゃないんだから。この下にスプリングが付いてて、別の引き出しが飛び出すのよ。（ピパはやって見せる。小さな引き出しが机からパッと飛び出す）ほらね！

ヒューゴーはその引き出しを取り、なかから一枚の紙きれを取り出す。

ヒューゴー　ほう、なんだろう？（読む）〝ザマアミロ！〟

ピパは笑いころげる。

ローランド卿　こいつ！

一同皆笑う。ローランド卿はピパをゆすぶる。ピパは彼を殴って逃がれる。

ピパ　（引き出しを机に置きながら）あたしが入れたんだ。

ローランド卿　悪い子だ！

ピパ　ほんとはね、封筒が入ってて、なかにビクトリア女王やなにかのサインが入ってたの。見せてあげる。（と書棚へとんで行く）

クラリサは立って、机の方へ行き、引き出しを元に戻し、垂れ板をふたたび降ろす。ピパは書棚の下の棚の貝殻をちりばめた箱を開け、紙片の三枚入った古い封筒を取り出し、それを皆に見せる。

ローランド卿　いろいろな人のサインを集めてあるのかい？
ピパ　そういうわけじゃないんだけど、まあ、古本を集めるときの副……副なんだっけ……ああ、副産物よ。（ピパは〝サイン〟の一つをヒューゴーに渡す）

ヒューゴーは〝サイン〟を見、それをローランド卿に渡す。

あたしのクラスの子でね、切手を集めてる子がいるの。その子のお兄さんなんか、ものすごーくたくさん集めているんだから。去年の秋なんか、新聞に出るようなのを手に入れたんですって。（もう一つの〝サイン〟をヒューゴーに渡す）

ヒューゴーはそれをローランド卿に渡す。

スウェーデンのなんとかっていう切手で、何百ポンドっていう値打ちがあるの。

(ピパは残りの〝サイン〟と封筒をヒューゴーに渡す)

ヒューゴーは〝サイン〟と封筒をローランド卿に渡す。

それで、すっかり喜んじゃって切手屋さんへ持ってったら、思ったほどのものじゃなかったんだけど、でもすごくいい切手で、五ポンドで買ってくれたんですって。

ローランド卿は二枚の〝サイン〟をヒューゴーに渡し、ヒューゴーはそれをピパに返す。

五ポンドっていえばすごくいいじゃない?

ヒューゴーは〝うむ〟と同意の声をもらす。

（ピパは〝サイン〟を見下ろして）ビクトリア女王のサインだったら幾らぐらい？

ローランド卿　（封筒を見ながら）五シリングか十シリングぐらいのものだろう。

ピパ　ラスキンのもあるのよ、それにロバート・ブラウニングのも。

ローランド卿　（残りの〝サイン〟と封筒をヒューゴーに返しながら）まあ、それもたいしたことはないな。

ヒューゴーは〝サイン〟と封筒をピパに渡す。

ピパ　ネビル・デュークかロージャー・バニスターのがあるといいんだけどな。こういう歴史に出てくる人のはみんな古臭くって。（ピパは封筒と〝サイン〟を箱に戻し、ホールのドアの方へ行き）ねえ、クラリサ、もっとチョコレート・ビスケットないか、階下《した》へ捜しにいってもいい？

クラリサ　いいわよ。

ヒューゴー　さあ、わたしたちも出かけないと。（ピパに続いてドアの方へ行き、呼ぶ）ジェレミー君。おい、ジェレミー君！

ジェレミー　（奥で叫ぶ）今行きます。

ジェレミーが階段の下に姿を見せる。彼はゴルフのクラブを一本持っている。

クラリサ　ヘンリーももうじき帰ってくるはずなんだけれど。

ジェレミーがホールのドアから入る。

ヒューゴー　（フレンチ・ウィンドゥの方へ行きながら）こっちから出た方がいい。こっちの方が近いよ。じゃ、ごきげんよう、クラリサ。いろいろありがとう。

ジェレミー　（フレンチ・ウィンドゥの方へ行きながら）行ってきます。

ヒューゴーとジェレミーはフレンチ・ウィンドゥから退場。クラリサは二人に〝行ってらっしゃい〟を言い、送り出す。

ローランド卿　（クラリサの方へ行き、彼女を片腕で抱き）じゃ、行ってくるよ。わたしとウォリンダー君が帰るのは夜中近くになるだろう。

クラリサとローランド卿はフレンチ・ウィンドゥの方へ行く。

クラリサ　ほんとにすてきな夕方ね。ゴルフ・コースの入口まで一緒に行くわ。

クラリサとローランド卿はフレンチ・ウィンドゥから出ていく。ホールからエルジンが入る。彼は酒類を載せたトレイを持っており、それを中央後方のテーブルに置く。玄関のベルが鳴る。エルジンはドアを開け放したままホールへ退場する。

エルジン　（奥で）いらっしゃいませ。
オリバー　（奥で）奥さんは……ブラウンさんの奥さんはいるかい？
エルジン　（奥で）はい。

ドアの閉まる音が聞こえる。

エルジン　（奥で）こちらでございます。

オリバー　（奥で）カステローだ。

どちら様でしょうか？

エルジンがホールから戻り、戸口の一方に寄って立つ。オリバー・カステローがホールから入り、中央へ行く。彼はきわめてハンサムだが、色は浅黒く、やや気持ちの悪い顔。

エルジン　こちらでお待ちください。奥様はご在宅でいらっしゃいますので、すぐ捜してまいります。（彼は出てゆきかかって立ち止まり、振り向いて）カステロー様でいらっしゃいますね？

オリバー　そうだ。オリバー・カステローだ。

エルジン　少々お待ちください。

エルジンはホールへ出ていき、ドアを閉める。オリバーは部屋を見回し、ホールのドアと書斎のドアの方に聞き耳を立て、それから机の方へ行く。彼は机に屈みこんで引き出しをじっと見つめる。やがて、物音に気づき、中央へ戻る。

クラリサがフレンチ・ウィンドゥから戻る。オリバーは驚いて振り向く。

クラリサ　（戸口に立ち、非常に驚いて）オリバー……？

オリバー　（同様に驚いた様子でソファの左側へ行きながら）クラリサ！　こんなところで何してるんだ？

クラリサ　それはいささか愚問じゃない？　ここはわたくしの家なのよ。

オリバー　ここが……あんたの家？

クラリサ　知っているくせに。とぼけてもだめよ。

オリバー　（気味の悪い、なれなれしい態度で）なかなかいいところだ。前はなんとかいう骨董屋が住んでたんだろう？　あいつに一度ここへ連れてこられたことがあるんだ、ルイ十五世時代の椅子を見せるとかいうんでな。（ポケットからシガレット・ケースを取り出し）タバコは？

クラリサ　いいえ、結構よ。それよりあなた、早く帰った方がいいわ。主人はもうじき帰ってくるけれど、あなたに会って喜ぶとも思えないし……。

オリバー　（肘掛け椅子の後ろへ行きながら、やや無礼な喜び方をして）しかしね、おれはとくにあんたの旦那に会いたいんだよ。わざわざこんなところまで来たのもそのためさ。じつはちょっとした取り決めみたいなことをしておきたいと思ってな。

クラリサ　（ソファの後ろへ行きながら）取り決め……？

オリバー　ピパのことなんだ。ミランダだってピパが夏休みの少しのあいだとか、まあ、クリスマス休暇の一週間くらい、ヘンリーと一緒に過ごすのはいいって言ってるよ。しかし、そういうときのほかは……

クラリサ　（急に彼の話をさえぎって）それはどういう意味？　ピパの家はここなのよ。

オリバー　（中央後方のテーブルへ行きながら）しかしな、クラリサ、あんただってよく知ってるはずだ、裁判所はミランダにあの子の〝保護監督権〟ってやつを与えたんだぜ。（ウイスキーのびんを取りあげ）一杯もらうぜ。（自分で一杯注ぎ）それはヘンリーだって承知してることだ。

クラリサ　ヘンリーがミランダの離婚訴訟に応じたのは、ピパは父親と一緒に住むって言う暗黙の了解があったからよ。もしミランダがそれに反対したら、離婚訴訟はへンリーの側から起こしていたわ。
オリバー　(クラリサの上手側へ行きながら)　あんたはミランダをよく知らないようだな。あいつはいつも気が変わるんだ。
クラリサ　(下手へ一歩離れて)　ミランダがあの子を欲しがっているなんて思えないわ。あの子のことなんて、少しも気にしてないんじゃない？
オリバー　(無礼な態度で)　しかし、あんたは母親じゃないんだぜ、クラリサ。クラリサだなんて親しげに言ってるけど、いいだろう？　おれはミランダと結婚したんだから、おれたちはまんざら赤の他人ってわけでもないんだ。(彼はウイスキーを一気に飲みほし、中央後方のテーブルへ行ってグラスを置く)　とにかく、ほんとなんだよ、ミランダはもっか熱烈なる母性愛に燃えているんだ。
クラリサ　(彼の方を向いて)　信じられないわ。
オリバー　(肘掛け椅子に坐りながら)　信じようと信じまいと、それはあんたの勝手さ。だが、とにかく、ちゃんと紙に書いた取り決めってものは何一つないんだぜ。
クラリサ　あなたたちにピパは渡さないわ。あの子はノイローゼになっていたのよ。今はもうよくなって、学校で幸せにやっているわ。これからもずっと今のようにさせておくつもりよ。

オリバー　そんなことできるわけないだろ。法律の上じゃこっちに分《ぶ》があるんだぜ。

クラリサ　（オリバーの下手側へ行きながら）裏に何かあるんでしょ？　ほんとうは何が欲しいの？　あっ、そうか！　わたくしって、なんておばかさんなんでしょう。これはゆすりなのね？

　　エルジンが不意にホールから入る。

エルジン　あっ、こちらでしたか、ずっとお捜ししておりました。

　　クラリサはソファの右端の前へ行く。

わたくしども、そろそろ出かけたいと思っておりますが、よろしゅうございましょうか？

クラリサ　ええ、いいわよ、エルジン。

エルジン　タクシーがもう来ておりますので……。お夕食はダイニング・ルームにご用意いたしておきました。（彼は行きかかり、ふとクラリサの方を振り返り）奥様、

全部戸締まりをして参りましょうか？（彼はちらりとオリバーを見る）
クラリサ　いいえ、わたくしがやるからいいわ。
エルジン　ありがとうございます。（ホールのドアへ行き）では、行ってまいります。
クラリサ　気をつけてね。

エルジンはホールへ退場。

オリバー　ゆすりとはちょっと穏やかじゃないぜ。おれがいつ金のことを口にした？
クラリサ　（ソファの後ろへ行きながら）それはまだだけれど、でも、それが目的なんでしょ？
オリバー　まあ、おれたちあんまり金がないってことは事実だ。ミランダはいつも金遣いが荒いからな。あいつ、ヘンリーならもう少し手当てを増やしてくれるんじゃないかって思っているようだ。とにかく、ヘンリーは金持ちだからな。
クラリサ　（オリバーの下手側へ行きながら）いい、オリバー、ヘンリーはなんて言うか分からないけれど、わたくしは今はっきり言っておくわ。あなたがピパをここから連れ出そうとしたら、わたくし、あらゆる手段を使って闘うわ、どんな武器でも使うつもりよ。

オリバーはくすくす笑う。

ミランダが麻薬中毒だったっていう医学的証拠をつかむのも、そう難しいことではないでしょうしね。それにわたくし、スコットランド・ヤードへも行って、麻薬捜査班の刑事さんたちとも相談してみるわ。あなたから目を離さないように言っておかなくては。

オリバー　（きちっと坐り直して）ヘンリーは気に入らないだろうな、そんなやり方は。

クラリサ　気に入らなくても我慢してもらうわ。大事なのは子供のことよ。わたくし、ピパがいじめられたり、恐い思いをさせられたりするのを黙って見ているわけにはいかないの。

ピパがホールから入る。

ピパ　（入りながら）クラリサ……（肘掛け椅子の後ろを回ってオリバーの下手側へ行

き）知ってた、チョコレート・ビスケット、缶に二つしかないわよ？　（オリバーを見て急に立ち止まり、おびえた様子）

オリバー　やあ、ピパ、元気か？

ピパは上手のテーブルの方へ後ずさりする。

ずいぶん大きくなったな。（オリバーは立ってピパの方へ行く）

ピパはさらに後ずさりする。

じつはおまえのことでちょっと話があってきたんだ。お母さんはおまえとまた一緒に暮らすのを楽しみにして待っているんだよ。お母さんは今じゃおれと結婚したから……。

ピパ　（クラリサの方へ走り寄り、ヒステリックに）あたしはいやよ。あたしは行かないわよ、クラリサ。

クラリサ　（ピパを片腕で抱いて）大丈夫よ、ピパ、あなたのお家《うち》はここ。お父様とわたくしのいるここがあなたのお家よ。あなたを他所《よそ》へやるようなことは絶対にしないわ。

オリバー　（ピパの上手側へ行きながら）しかし、おれたちだってべつに……。

クラリサ　すぐ出ていってちょうだい。

オリバーは〝ほう、恐いね！〟といったおどけた態度で下手へ退り、ストゥールの後方へ行く。

今すぐよ。（オリバーの方へ行き）この家に足を踏み入れていただきたくないの。お分かりになって？

ミス・ピークがフレンチ・ウィンドゥから入る。彼女は大きな三本叉《また》の鋤《すき》を持っている。

ミス・ピーク　あっ、奥さん、じつはちょっと……。

クラリサ　ピークさん、カステローさんがお帰りになるの。お庭を通ってゴルフ・コースの門までいらっしゃるから、ご案内してくださる？

オリバーはミス・ピークを見る。ミス・ピークは舞台前方側の手に持った鋤を持ちあげる。

オリバー　ピークさん……？
ミス・ピーク　（元気よく）やあ、よろしく。あたしはここの庭師です。
オリバー　どうも見た顔だと思った。ここへは一度、骨董品を見にきたことがあるんでね。
ミス・ピーク　ああ、セロンさんの頃ね。でも、今日はセロンさんには会えませんよ、死んじまったんだから。
オリバー　いや、べつにあのジイさんに会いにきたんじゃないんだよ。おれは……（強調するように）ブラウンさんの奥様に用があったんだ。
ミス・ピーク　ああ、なるほどね。で、もう用はすんだんでしょ？
オリバー　（クラリサの方を振り向いて）じゃな、クラリサ。また連絡するよ。

ミス・ピーク　（フレンチ・ウィンドゥから出ていきながら）こっちですよ、カステローさん。バスですか、それとも車？
オリバー　（ピークの後に従いながら）車だ。厩《うまや》のそばに駐《と》めてきた。

ミス・ピークとオリバーはフレンチ・ウィンドゥから出ていく。

ピパ　あの人、あたしをここから連れ出すつもりよ。
クラリサ　そんなことはさせません。
ピパ　あの人、嫌い。絶対好きになれない。
クラリサ　ピパ……！
ピパ　（肘掛け椅子の後ろへ退りながら）あたし、お母様のとこなんか帰りたくない。それだったら死んじゃう。死んだ方がよっぽどましよ。あの男、殺してやりたい。
クラリサ　ピパ……！
ピパ　（きわめてヒステリックに）あたし死んじゃう。自分で手首を切って、血出良好……じゃない……出血……出血多量っていうので死んじゃうから。
クラリサ　（ピパの両肩をしっかりつかんで）ピパ。落ち着きなさい。何も心配することはないわ。大丈夫よ、わたくしがこうして付いているんだから。

ピパ　お母様のとこなんか帰りたくない。あのオリバーって人、大嫌い！　すごく、すごく、すごーくいやな人よ！

クラリサ　そうよ、ピパ。分かっているわ、わたくしだって分かっているわよ。

ピパ　（希望に満ちて）あんな人、雷が落ちて死んでしまうかもしれないわね。

クラリサ　ええ、そうですとも。さあ、元気を出しなさい、ピパ。何も心配することはないんだから。（ポケットからハンカチを取り出し）ほら、お鼻をかんで。

ピパは鼻をかみ、クラリサのドレスで涙をふく。

（クラリサは笑う）さあ、お風呂に入っていらっしゃい。（とピパをホールのドアの方へ向ける）よく洗わなきゃだめよ。首の回りがとても汚いわ。

ピパ　（平静を取り戻してきて）いつもそう言うんだから……。（ホールのドアの方へ行く）

クラリサはソファの左側の後ろへ行く。

（振り返ってクラリサの方へ走り、突然、せきを切ったように）あんな人にあたしを連れていかせないわよね、ね？

クラリサ　（きっぱりと）ええ、絶対させないわ。誰がそんなことさせるものですか。
さあ、これで安心したでしょ？

・ピパはうなずく。

（ピパの額にキスして）さあ、お行きなさい。

ピパはクラリサを抱きしめ、それからホールへ退場する。クラリサはホールのドアの後方寄りにあるスウィッチを押し、〝なげし〟の明かりをつける。それからフレンチ・ウィンドゥへ行って、そこを閉め、ソファの右側の端にどさりと坐り、両脚をソファに載せる。玄関のドアを閉める音が聞こえる。ヘンリー・ヘイルシャム＝ブラウンがホールから入る。四十歳ぐらいの器量のよい男だが、その顔はやや無表情。角《つの》ぶちの眼鏡をかけ、ブリーフ・ケースを持っている。

ヘンリー　ただいま。(ホールのドアの前方寄りにあるスウィッチを押して壁のブラケットの明かりをつけ、肘掛け椅子にブリーフ・ケースを置く)

クラリサ　お帰りなさい。一日いやなお天気だったわね。

ヘンリー　(ソファの後ろへ行きながら) そうだったかい？　(ソファの背にもたれてクラリサにキスする)

クラリサ　シェリーでもお飲みになる？

ヘンリー　今はいいよ。(フレンチ・ウィンドゥの方へ行き、カーテンを閉める) 家に今誰がいる？　(後方の窓へ行きかかるが、クラリサが口を開くと立ち止まって振り向く)

クラリサ　(驚いて) 誰もいないわ。今日はエルジンたちの外出日なの。例によって暗黒の木曜日よ。コールド・ハムとチョコレート・ムース……

ヘンリーはソファの前を通って中央へ行く。

ヘンリー　……コーヒーはとてもおいしいはずよ、わたくしが入れるんだから。
クラリサ　(彼女の方を向きながら) そうか……
ヘンリー　(彼の様子に驚いて) ヘンリー、どうかしたの？
クラリサ　(彼女の方へ一歩寄って) ああ、まあ、ある意味じゃね。
ヘンリー　何かいやなことでもあったの？　ミランダのこと？
クラリサ　いやいや、べつにそういうことじゃないんだ。むしろ逆だな。ああ、まったく逆と言うべきだ。

クラリサは愛情とわずかにからかいをこめた調子で話す。

クラリサ　いかにも外務省的な不可解な取りつくろった態度の裏に、何か人間的な興奮が秘められているようだけれど……？
ヘンリー　まあ、ある意味で多少興奮していることは否めないね。(彼はクラリサの方にまた一歩寄る) たまたまロンドンにちょっと霧がかかっているものだから……。
クラリサ　それで興奮しているの？
ヘンリー　いや、もちろん、霧で興奮しているわけじゃないよ。

クラリサ　じゃ、なんなの？

ヘンリーはさっと辺りを見回し、それからソファの方へ行って、クラリサの横に坐る。

ヘンリー　これは絶対に他人《ひと》に言ってはいけないよ、クラリサ。
クラリサ　（希望に満ちて）なんなの？
ヘンリー　これはほんとうに極秘なんだ。誰にも言ってはいけないことになっている。まあ、実際には、きみには言わなきゃならないがね。
クラリサ　ねえ、なんなの、早く教えて。

ヘンリーはふたたび辺りを見回し、それからクラリサの方を向いて。

ヘンリー　これは外務省でも極秘中の極秘なんだがね、明日の会議に東ドイツのカレンドルフがやって来るんだ。
クラリサ　（なんら感動した様子はなく）ええ、知ってるわよ。

ヘンリー　（びっくりして）どういう意味だ、知っているっていうのは？
クラリサ　このあいだの〈サンデー・イヴニング〉に出てたもの。
ヘンリー　きみがどうしてああいう低級な新聞を読むのかまったく理解できないね。それはともかく、カレンドルフが来るっていうことを新聞が知るはずはないよ。これは国家の最高機密なんだ。
クラリサ　えぇえぇ、国家の最高機密でしょうとも。でも、そう思っているのはあなたたち外務省のお偉方だけ。
ヘンリー　（立ちあがって下手前方へ行きながら、当惑して）うーむ、どこかから漏れたんだな……。
クラリサ　あなただって知っていそうなものじゃない、そういう秘密は必ず漏れるっていうことくらい。むしろ、漏れたときの用心を前もってしておくべきだわ。
ヘンリー　正式には今夜発表したばかりなんだ。カレンドルフの飛行機は八時四十分にヒース・ロー空港に着くことになっている。しかし、じつは……（ソファの端にもたれ、疑わしそうなクラリサを見つめて）なあ、クラリサ、きみをほんとうに思慮分別のある女性と思っていいんだろうね？
クラリサ　（ソファからさっと脚を降ろし、きちんと坐り直して）〈サンデー・イヴニング〉なんかよりは思慮分別があるわ。
ヘンリー　（ソファの右側の肘掛けに坐って）正式の会議は明日なんだが、その前に外務大臣とカレンドルフが、こっそり二人っきりで非公式会談をやっておくと、非常に有利になるんだよ。しかしヒース・ロー空港には当然、報道陣が待ちかまえているだろうから、飛行機が着いたとたんに、カレンドルフの行動はほとんどすべて公けになってしまう。ところが幸いなことに、この霧がわが方の味方をしてくれたというわけだ。
クラリサ　それで……？　なんだかわくわくしてきたわ。
ヘンリー　飛行機は最後の瞬間に、ヒース・ローへ着陸するのは得策ではないと判断するんだ。霧であそこに着陸できない場合は、普通……。
クラリサ　（彼をさえぎって）バインドリー・ヒース空港に来るのね。あそこならここからたった二十キロだわ。なるほどね……。
ヘンリー　いつも呑みこみが早いね、クラリサ。そうなんだよ、わたしはこれから車で空港へ行って、カレンドルフに会って家に連れてくる。外務大臣も今ロンドンから車でまっすぐこっちへ向かっているところだ。会談は二十分もあればすむだろうから、その後、カレンドルフは大臣と一緒にロンドンに戻る。まあ、そういった段取りなんだが……（彼は躊躇《ちゅうちょ》し、立ちあがってソファの後ろを回って中央へ行き、不意にややなごやかな調子で）なあ、クラリサ、これはわたしの経歴に非常にプラスになることなんだ。会談をここでやったとなれば、大いに信用が増すからね。
クラリサ　それはそうよ。（立ってヘンリーの方へ行き、彼にすがりついて）ヘンリー、すばらしいじゃないの！
ヘンリー　そうそう、ついでに言っておくが、カレンドルフのことは今後ジョーンズさんと呼ぶことにするからね。
クラリサ　ジョーンズさん？
ヘンリー　本名を使うのは危険だ。用心に越したことはないからね。
クラリサ　ええ……でも……ジョーンズさんだなんて。もっとましな名前は考えられなかったの？　それで、わたしはどうするの？　ハーレムに引っこんでいましょうか、それとも飲み物でもお出しして、ご挨拶して、そっと静かに消え去りましょうか？
ヘンリー　（やや心配そうに）もう少し真面目《まじめ》に考えてくれなきゃ困るよ、クラリサ。
クラリサ　でも、ヘンリー、ちゃんと真面目に考えながら、ちょっと楽しむっていうんならいいんじゃない？
ヘンリー　（よく考えて）そうだなあ……まあ、出てこない方がいいだろう。

クラリサ　いいわ。食べる物はどうする？　何かいるかしら？

ヘンリー　いや、いいよ。食事の心配はまったく不要だ。

クラリサ　サンドウィッチでも少しどうかしら？　（ソファの肘掛けに坐って）ハム・サンドならいいんじゃない？　ナプキンを掛けてパサパサにならないようにしておくわ。それから、熱いコーヒーをポットに入れて……。あれに入れておけば絶対さめないわよ。それで、わたくしはチョコレート・ムースを寝室へ持っていって、除《の》け者にされた悲哀を一人淋しく慰めることにするわ。

ヘンリー　（彼女に一歩寄って、ややとがめるように）おい、クラリサ……。

クラリサ　（立ちあがり、彼の首に抱きついて）大丈夫よ、ヘンリー、わたくしはほんとに真面目に考えているわ。何も心配することはないわよ。わたくしが万事ソツなくやってみせるわ。（ヘンリーにキスし、それから彼の前を通って上手寄り中央へ行く）

ヘンリー　ローリーはどうした？

クラリサ　（肘掛け椅子の後ろに立って）叔父様とジェレミーはヒューゴーと一緒にクラブ・ハウスでお食事しているわ。その後でブリッジをやるって言っていたから、夜中近くまでは帰らないわよ。

ヘンリー　エルジンたちもいないんだね？

クラリサ　あなただって知っているでしょう、あの人たちは木曜日には必ず映画に行くのよ。十一時過ぎじゃなきゃ帰らないわ。

ヘンリー　それはよかった。それならまったく申し分ない。外務大臣と……えーと。

クラリサ　ジョーンズさんでしょ？

ヘンリー　あ、そう、ジョーンズさんだった。とにかく、二人はみんなが戻ってくる頃にはもう引き揚げているから大丈夫だ。さてと……（腕時計を見て）急いで風呂に入った方がいいな、バインドリー・ヒースへ行く前に。

クラリサ　わたくしはハム・サンドを作ってくるわ。

クラリサはホールへ退場。ヘンリーはブリーフ・ケースを取る。

ヘンリー　（大きな声で彼女に）おい、クラリサ、電気のこと忘れるなよ。（ホールのドアの方へ行き、〝なげし〟の明かりを消す）ここは自家発電なんだからね。（壁のブラケットを消し）ロンドンとは違うんだ。

ヘンリーはホールへ退場し、後ろ手でドアを閉める。部屋は暗くなる。下手後ろの窓からかすかな月の光が差しこむだけである。
オリバーがフレンチ・ウィンドゥからこっそり入る。カーテンを開け放したままにしておくため、月の光が差しこむ。彼は懐中電燈で部屋をあちこち注意深く照らし、机の方へ行って、スタンドをつける。彼は秘密の引き出しの垂れ板を上げるが、何か物音がしたように思い、スタンドを消し、一瞬、じっと静止する。それからまたスタンドをつけ、秘密の引き出しを開け、紙片を一枚取り出す。パネルがゆっくりと開く。オリバーは紙片は見ずに秘密の引き出しを閉じる。それから物音を聞きつけ、急いで振り返ってスタンドを消す。

オリバー　なんだろう……？

パネルの後ろに隠れた何者かがオリバーの頭を殴り、オリバーはソファの後ろに倒れる。パネルは閉じる。オリバーが殴られた瞬間に、奥でクラリサの声が聞こえる。

クラリサ　（奥で、叫ぶ）ヘンリー！　（間を置き）ヘンリー、出かける前にサンドウィッチを召しあがらない？

オリバーはソファの後ろに倒れたままである。間がある。ヘンリーがホールから入り、壁のブラケットをつける。彼はソファの左側へ行って、眼鏡を拭く。

ヘンリー　（大きな声で）クラリサ！　（彼は眼鏡をかけ、ソファの左側のテーブルの箱からタバコを何本か取り、シガレット・ケースに詰める）

クラリサ　（奥で叫ぶ）ねえ、出かける前にサンドウィッチ食べない？

ヘンリー　（叫ぶ）いや、もう行った方がいいと思うんだ。

クラリサ　まだ早過ぎるわよ。あそこなら車で二十分もかからないわ。

クラリサがホールから静かに入り、ヘンリーの上手側へ行く。

ヘンリー　（クラリサに背を向けたまま叫ぶ）分かるもんか。車がパンクするとか、何か……（振り向いてクラリサを見、普通の声で）ああ、こっちへ来たのか。車が故障するかもしれないじゃないか。
クラリサ　そんな大騒ぎすることないじゃないの。
ヘンリー　ピパはどうだ？　二階から降りてきて、いきなり部屋にとびこんでくるなんていうことはないだろうね？
クラリサ　大丈夫よ、わたくしも勉強部屋へ行って、二人で宴会を開くから。明日の朝食べる予定のソーセージを焼いて、チョコレート・ムースを二人で分けっこするわ。
ヘンリー　ほんとにピパによくしてくれるね。きみには感謝することばかりだが、ピパのこともその大きな一つさ。わたしは口下手《べた》だから、あんまりうまくは言えないんだが……（やや脈絡なく話を続ける）あのときはひどくみじめだった……それが今は……やあ、何もかもすっかり変わったよ。きみはほんとに……（とクラリサにキスする）
クラリサ　さあ、大事なジョーンズさんに会いに行ってらっしゃい。（彼女はホールのドアの方へ押す）〝ジョーンズ〟だなんて、ずいぶんありきたりの名前にしたものね。玄関から入っていらっしゃるでしょ？　鍵を開けておきましょうか？

ヘンリー　(戸口で戻りかかって) いや、フレンチ・ウィンドゥから入った方がいいだろう。

クラリサ　(彼をホールの方へ押しやりながら) オーバーを着ていった方がいいわ、ヘンリー、とても冷えてきたから。

クラリサとヘンリーはホールへ退場。

ヘンリー　(奥で) マフラーもしていった方がいいわよ。

クラリサ　(奥で) ああ、そうだな。

ヘンリー　(奥で) 運転も気をつけてね、あんまりスピード出しちゃだめよ。

クラリサ　(奥で) ああ、大丈夫だよ。

ヘンリー　(奥で) じゃ、行ってらっしゃい。

クラリサ　(奥で) じゃ。

玄関のドアの音が聞こえる。
クラリサがホールから戻る。ナプキンに包んだサンドウィッチの皿を持っており、それを上手のテーブルに置く。それから、ふとミス・ピークの言葉を思い出して、あわてて皿を持ちあげ、〝跡〟をこするが、消えない。そこで彼女は花びんをその上に置いて隠す。クラリサはストゥールの方へ行き、サンドウィッチの皿を、その右端に置く。それから、ソファの左側のクッション、続いて右側のクッションを注意深く振る。彼女は一人でハミングしながら上手寄り中央のテーブルへ行き、ピパの本を取って中央後方へ行って書棚にそれを置く。

クラリサ　(歌う)〽だれかさんとだれかさんが、
　(机の方へ行き)
　〽むぎ畑
　だれかさんが……(オリバーの死体につまずいてころびそうになり、最後の歌詞は歌わず、悲鳴をあげる。彼女は死体に屈みこんで)オリバー！　(急いで起きあがりヘンリーを呼ぼうと中央へ走り出すが、彼はもう行ってしまったことに気づく。クラリサはふたたび死体の方を向き、それから電話の方へ走る。受話器を取りあげ、ダイアルを回しはじめるが思い止まり、受話器を降ろす。彼女は中央へ行き、一瞬、考えこんでその場に立ちつくし、やがてパネルをじっと見つめる。彼女は意を決し、ソファの後ろへ行く。ふたたびパネルを見つめ、それから仕方なく屈みこんで死体を引きずる)

パネルがゆっくり開く。
ピパがその奥の部屋から出てくる。彼女はパジャマの上にガウンを着ている。

ピパ　(中央へ行きながら) クラリサ!
クラリサ　(ピパに死体を見せまいと立ちはだかって) ピパ……(ピパを上手へちょっと押しやり、彼女を追い払おうとしながら) 見ちゃだめ。見ちゃだめよ。
ピパ　(押し殺したような声で) ほんとにやるつもりはなかったの。あたしだってほんとにやるつもりはなかったのよ。
クラリサ　(ピパの両腕をつかみ、恐怖の念にかられ) ピパ! じゃ、あなたが……?
ピパ　死んでいるんでしょ? ほんとに死んだんでしょ? (ヒステリックに) あたし……ほんとに殺すつもりはなかったの。本気でやる気はなかったのよ。(ヒステリックに泣きじゃくる) 本気でやる気はなかったの。

クラリサ　落ち着きなさい。ピパ、落ち着くのよ。心配することはないわ。さあ、坐って。（とピパを肘掛け椅子へ連れてゆき、坐らせる）
ピパ　ほんとにやるつもりはなかったの。ほんとに殺すつもりじゃなかったの。
クラリサ　（彼女のそばにひざまずいて）それは分かっているわ。さあ、ピパ、聞いてちょうだい……

ピパはいっそうヒステリックに泣く。

（大声で叫ぶ）ピパ、聞いてちょうだい。何も心配することはないわ。このことは忘れてしまいなさい。すべて忘れてしまうの、いいわね？
ピパ　うん。でも……でも、あたし……
クラリサ　いい、ピパ、わたくしを信頼して、わたくしの言うことを信じなきゃいけないわ。何もかもうまくいくわよ。ただ、勇気を出して、わたくしの言う通りにしてもらいたいの。

ピパはヒステリックに泣きじゃくりながら顔をそむける。

ピパ　わたくしの言うことを聞いてくれるわね？　（ピパを引っぱって自分の方を向かせる）聞いてくれるわね？

クラリサ　うん、うん、聞く。（ピパはクラリサの胸に顔を埋める）

ピパ　さあ、それじゃ……（と手をかして椅子から立たせ）お二階へ行ってベッドに入りなさい。

クラリサ　ピパ、クラリサも一緒に来て。

ピパ　（ピパをホールのドアの方へ連れていきながら）はいはい、すぐ行くわ、なるべく早く行くわよ。白い小さなお薬を上げるから、それを飲めばじきに眠れるわ。そうして朝になれば、気分もすっかり変わるわよ。（立ち止まって死体の方を見て）たぶん、何も心配することはないわよ。

クラリサ　でも、あの人、死んだんでしょ？　死んでいるんでしょ？

ピパ　（うやむやに）いえ、そう、死んではいないかもしれないわ。あとで見てみるわよ。さあ、お行きなさい、ピパ。わたくしの言う通りにするのよ。

ピパは泣きじゃくりながらホールのドアから出ていき、二階へ上がる。

（振り返って中央へ行きながら）〝もしも、客間で死体を見つけたらどうするか？〟ああ、ほんとにどうしたらいいんだろう……？

――幕――

第二幕

舞台配置図

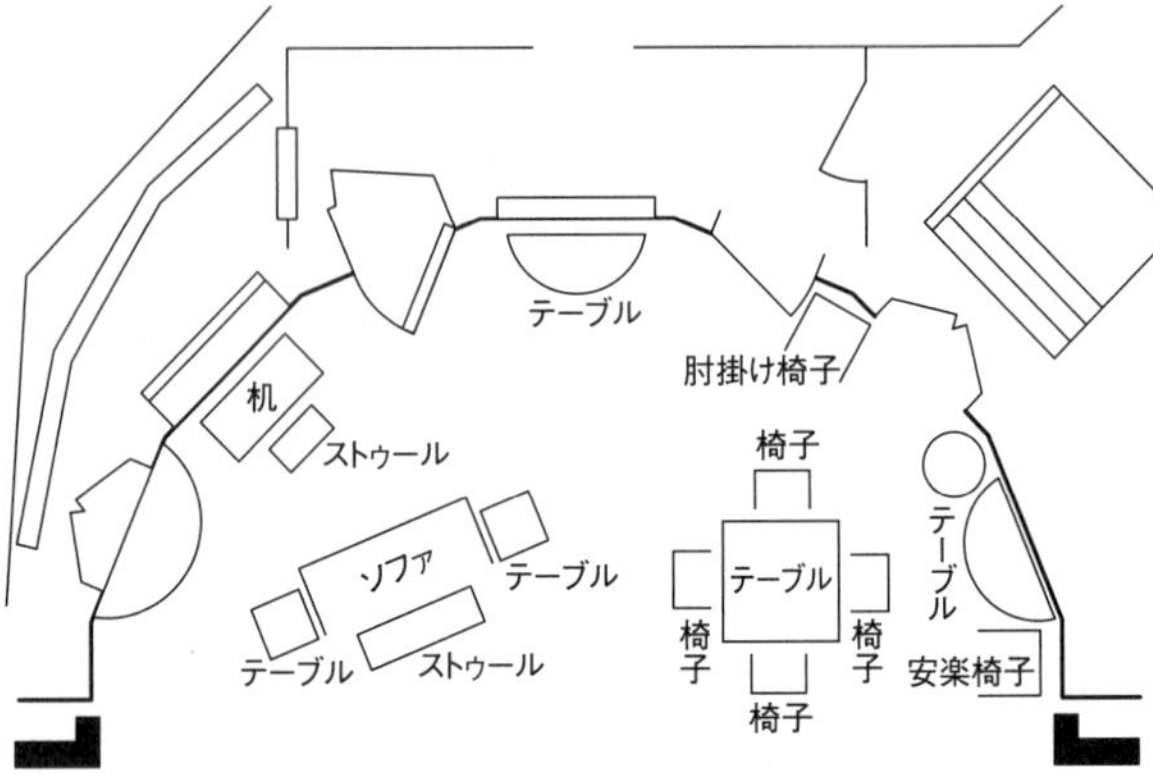

テーブル
肘掛け椅子
机
ストゥール
椅子
テーブル
ソファ
テーブル
テーブル
椅子
椅子
テーブル
テーブル
ストゥール
安楽椅子
椅子

第一場

場面　第一幕と同じ、その十五分後。

安楽椅子《イージー・チェアー》は上手前方へ移り、肘掛け椅子もホールのドアの後方の壁際に移されている。上手寄りの中央の小さなテーブルは上手の壁際へ移り、折りたたみ式のブリッジ・テーブルが上手寄り中央に置かれ、カードとブリッジ用の点数表《スコアー》が載っている。テーブルの周囲には背のまっすぐな椅子が四脚ある。

幕が揚がると、室内は明かりがついている。パネルは閉まっており、開いたままのフレンチ・ウィンドゥにはカーテンが掛かっている。死体はまだソファの後ろにある。クラリサがブリッジ・テーブルの後ろに立ち、一枚の点数表にせわしげに数字を記入している。

クラリサ　（つぶやきながら）スペード三枚、ハートが四枚、切り札以外が四枚、パスと……（彼女はコールのつど、それぞれ持ち札を指摘する）ダイヤが五枚、パス、スペード六枚、ダブル……これじゃみんな降りるわ。えーと、二回勝って、一回負けて、得点は五百と……それとも、あの人たちに勝たせてやろうかな……？　やっぱり、やめた。

ローランド卿、ジェレミー、ヒューゴーがフレンチ・ウィンドゥから入る。ヒューゴーは一瞬立ち止まり、フレンチ・ウィンドゥの後方側だけ閉める。

（クラリサは点数表と鉛筆をブリッジ・テーブルに置き、ソファの上手前へ急いで行ってローランド卿を迎える）よかったわ、帰ってきてくれて。

ローランド卿　いったいどうしたっていうんだ？

クラリサ　みんなに助けてもらいたいの。

ジェレミー　（ソファとストゥールのあいだに立ち、陽気に）みんなでブリッジでもやろうっていうんですか？
ヒューゴー　（ジェレミーの下手側の前へ行きながら）なんだか大騒ぎだな。何をやっているんだ？
クラリサ　（ローランド卿をぐいとつかんで）大事件なの、ほんとに大事件なのよ。みんな、わたくしを助けてくれるわね？
ローランド卿　もちろん、そりゃ助けるさ。しかし、いったい何事なんだ？
ヒューゴー　なんなんだね？
ジェレミー　（何も感動した様子はなく）また何か企《たくら》んでいるんですね。なんなんです？　死体を見つけたとでも言うんですか？
クラリサ　そうなのよ。わたくし、死体を見つけたの。
ヒューゴー　どういうことだ、死体を見つけたっていうのは？
クラリサ　今ジェレミーが言った通りなのよ。わたくしがここへ来たら、死体があったの。
ヒューゴー　（あたりを見回して）何を言っているんだかさっぱり分からん。
クラリサ　わたくし、真剣なのよ。（怒って）そこよ。見てごらんなさい。ソファの後ろ。（彼女はソファの上手後方へローランド卿を押しやり、自分は中央後方へ行

く）

ヒューゴーは急いでソファの下手側の後ろへ行く。ジェレミーはソファの背から身を乗り出し、〝ヒューッ〟と口笛を吹く。

ジェレミー　ほんとだ。（彼はヒューゴーの下手側へ行く）

ヒューゴーとローランド卿はソファの後ろに屈みこみ、死体を見る。

ローランド卿　なんだ、オリバー・カステローじゃないか。

ジェレミーは急いでカーテンを閉め、ヒューゴーの下手側へ行く。

クラリサ　そうなの。

ローランド卿　オリバーがどうしてここに……？

クラリサ　夕方ピパのことで話があって来たの、叔父様たちがクラブへ行ったすぐあとよ。
ローランド卿　ピパになんの用があったんだ？
クラリサ　ピパを連れていくって脅迫したわ。でも、今はもうそんなことどうでもいいの。それより急がなくっちゃ。あんまり時間がないのよ。
ローランド卿　ちょっと待ちなさい。（クラリサの方へ一歩寄って）事情をもっとはっきり説明してくれよ。脅迫して……それからどうしたんだ？
クラリサ　ピパは絶対に渡さないって言ってやったわ。そうしたら出ていったの。
ローランド卿　しかし、また戻ってきたんだろう？
クラリサ　そうらしいわ。
ローランド卿　どうやって、いつ戻ってきたんだ？
クラリサ　知らないわよ。わたくしがここへ入ってきたら、そこで死んでたの、さっき言ったでしょ。
ローランド卿（死体の上手側へ行き、屈みこんで）なるほど、ああ、たしかに死んでいるな。

クラリサは中央後方へ行き、観客に背を向けて立つ。

何か重い、先のとがったもので殴られたらしい。まあ、あまり愉快なことじゃないが、取るべき道は一つだ。（電話の方へ行って）警察に電話しないと……。
クラリサ　（振り返って）だめよ。
ローランド卿　（受話器を取って）おまえがすぐに掛けりゃよかったんだ。しかし、まあ、今からでもたいしてとがめられることはないだろう。
クラリサはローランド卿の後ろへ走っていき、彼から受話器を取りあげ、それを置く。
クラリサ　だめよ、叔父様、やめて！
ローランド卿　おい、クラリサ……。
クラリサ　警察に電話したけりゃ、とっくに自分でしてたわよ。そうすべきだっていうことぐらい、わたくしだってよく分かっているの。現にダイアルまで回しかかったんだから。それで……その代わり、叔父様たちに電話したの、ここへ帰ってきてくださいって……三人とも。（ジェレミーとヒューゴーの方を向いて）これにはわけがあるのよ。
ローランド卿　まあ、わたしたちに任せておきなさい。こういうことは……
クラリサ　（ローランド卿の方を向いて）まるで分かろうとしないんだから……。とにかく、助けてもらいたいの。何か困ったことがあったら助けてやるって言ったじゃない。（ブリッジ・テーブルの後ろを回って中央へ行き）みんなお願い、ほんとに助けてもらいたいの。
ジェレミー　（ソファの上手側のテーブルの後ろを回り、クラリサから死体を隠すようにして）どうすればいいんです？
クラリサ　死体を片付けてもらいたいの。
ローランド卿　（クラリサの上手側へ行きながら）クラリサ、ばかなことを言うんじゃないよ。これは殺人事件なんだぞ。
クラリサ　そこが問題なのよ。死体がここで発見されちゃ困るのよ。
ヒューゴー　（ジェレミーの後ろを回ってクラリサの下手側へ行きながら）どうにもわけが分からんな。これはミステリ・ドラマじゃないんだよ。現実の生活じゃ、死体を動かすなんてばかな真似をしてはいかんのだ。
クラリサ　もうさっき動かしちゃったわ。ほんとに死んでいるかどうか引っくり返してみたし、パネルの後ろに隠そうと思って引きずってみたの。それで、これは手伝ってもらわないとだめだと思ったから電話したのよ。でもね、叔父様たちを待っているあいだに、いいことを思いついたの。

ジェレミー　（ソファの左端の後ろへ行きながら）ブリッジのテーブルを出したのもそのためなんですか？

クラリサ　（点数表を取って）そうよ。これでアリバイを作るの。

ヒューゴー　どういうことだ……？

クラリサ　三回勝負のうち二回半まで進んでいたことにするの。一回ごとの手を全部考えて、この表に点数を書いておいたわ。みんなも自分の字で点を書いてよ。

ローランド卿　どうかしているぞ、クラリサ、気でも狂ったのか？

クラリサ　見事な計画なんだから。とにかく死体はここから運び出さなきゃならないの。（ジェレミーを見て）それにはどうしても二人いるのよ。死体ってほんとに始末におえないものね。いい勉強になったわ。

ヒューゴー　それで、どこへ運べって言うんだ？

クラリサ　（ヒューゴーの方へ一歩寄って）一番いいのは、マーズデンの森だと思うの。あそこならここから三キロしかないし。（彼女は左手でその方向を示す）表門を出て二、三メートル行ったらすぐ左に曲がるの。あれは脇道だから、人もほとんど通らないわ。（ローランド卿の方を向き）それで森に着いたら車を道端に置いて、歩いて帰ってくるのよ。

ジェレミー　死体を森に棄《す》てようって言うんですね？

クラリサ　（ジェレミーの方を向き）いいえ、車のなかに置いてくるだけよ。それも、オリバー自身の車に……分かるでしょ？　あの人、厩《うまや》のそばに車を駐《と》めたままだったの。だからほんとに楽なものよ。歩いて帰って途中で誰かに会ったとしても、顔だってろくに分からないでしょうからね。それにアリバイだってあるわ。わたくしたちは四人で、ここでブリッジをやっていた……。（彼女は点数表をブリッジ・テーブルに戻す）

ほかの三人は、ぼうっとしてクラリサを見つめる。

ヒューゴー　（中央へ行き、舞台をぐるりと一周しながら）わたしは……わたしは……（彼は両手を打ち振る）

クラリサ　もちろん、みんな手袋をはめるの、指紋をいっさい残さないように。もう用意してあるのよ、ここに。（ジェレミーの方へ行き、彼をソファの前へ押しやり、ソファの左側のクッションの下から三組の手袋を取り出して、それをソファの左側の肘掛けに並べる）

ローランド卿　おまえには犯罪者としての先天的な才能がある。わたしにはもう何も言うことはない。

ジェレミー　（ほれぼれと）やあ、たいしたものだ。ほんとに見事なアリバイですよ。

ヒューゴー　（クラリサの上手側へ行きながら）ああ、しかし、また、同時に、まったくばかばかしいとしか言いようがないな。

クラリサ　（熱烈に）とにかく急いでよ。九時にはヘンリーがジョーンズさんを連れてくるんだから……。

ローランド卿　ジョーンズさん？　ジョーンズさんって誰だ？

クラリサ　（頭に手をやり）ああ、殺人事件って、なんていろんなことを説明しなきゃならないんでしょう。今まで気がつかなかったわ。叔父様たちに助けてって頼めば、すぐ助けてもらえて、それだけで事はすむと思っていたの。ねえ、お願いよ、黙ってわたくしを助けて……ねえ、お願い、ヒューゴー……（ヒューゴーの髪をなで）ねえ、お願いだから、ヒューゴー……。

ヒューゴー　いつもの他愛ない芝居なら大いに結構だよ。しかし、現実に死体を相手に、そんな芝居もどきのことをするのは、危険きわまりないゆゆしいことだ。それに下手《へた》に死体をいじったりすると、ひどく厄介なことになるぞ。だいいち、こんな夜中に死体をあちこち運び回るなんて無理だ。

クラリサ　（ジェレミーの上手側へ行き）ジェレミーは？

ジェレミー　（陽気に）ぼくはやりますよ。死体の一つや二つどうっていうことはありませんからね。

ローランド卿　（ブリッジ・テーブルの上手側前へ行きながら）きみはちょっと黙っていてください。そんなことを許すわけにはいきません。いいか、クラリサ、ここはわたしの言うことを聞かなきゃいけない。それにヘンリーのことも考えてみなさい。

クラリサ　（ブリッジ・テーブルの下手側の前へ行きながら）ヘンリーのことを考えているからこそ、こうやってお願いしているのよ。

ヒューゴーは下手側前へ行く。

今夜はとても大事なことがあるの。ヘンリーは今……今、ある人を迎えに行って、家へ連れてくることになっているのよ。すごく大事なことで、しかも、絶対に秘密なの。誰にも言っちゃいけないことなのよ。絶対に外部に漏らしちゃいけないの。
ローランド卿　（疑わしそうに）ジョーンズさんね……。
クラリサ　おかしな名前でしょ、わたくしもそう思うわ。でも……そのー……そういう名前なんだからしようがないわよ。詳しいことは言えないの。誰にも絶対言わないって約束したんですもの。でも、これだけは分かってもらいたいんだけれど……（ヒューゴーの方を向いて）わたくし、ヒューゴーが言うみたいに他愛のないお芝居をしているわけでもないし、ふざけているわけでもないわ。（ローランド卿の方を向いて）だって、ヘンリーの経歴にどんなきずがつくか分からないでしょ、家へ帰ってきてみたら警察が殺人事件の捜査にきていて、しかも、殺されたのがヘンリーの前の奥さんと結婚した男の人だと分かったら？
ローランド卿　やれやれ。（疑うように）また何かかつぐんじゃないんだろうな、クラリサ？
クラリサ　わたくしがほんとうのことを言うと誰も信じてくれないんだから。
ローランド卿　それはすまん。（考えこんで）うむ、思った以上に厄介だな。
クラリサ　でしょ？　とにかく、死体をここから出さなきゃならないのよ。

ジェレミー　どこにあるんですって、この男の車？
クラリサ　（ジェレミーの方へ一歩寄って）厩のそばよ。
ジェレミー　使用人たちはいないんでしょう？
クラリサ　ええ。
ジェレミー　（手袋を一組取って）やりましょう。死体を車へ運ぶか、車を死体の方へ持ってくるかですがね……
ローランド卿　ちょっと待ちなさい。そんなに急《せ》いてはいけない。

ジェレミーは手袋を置く。

クラリサ　（ローランド卿の方を向いて）でも、急がなきゃ……。
ローランド卿　（クラリサの方へ一歩寄って）おまえのやり方が一番いいとは、どうも思えないね。死体の発見を明日の朝まで遅らせるだけでいいんじゃないのか？　その方がはるかに簡単だしな。まあ、死体をそっちの部屋に移すだけだったら、いざというとき、申しひらきもできるだろう。
クラリサ　（ローランド卿の下手側へ行って）一番の分からず屋は叔父様よ。（ジェレミーを見て）ジェレミーはいつでもやるって言ってくれているし……（ヒューゴーを見て）ヒューゴーはぶつぶつ文句を言って、首を振りながら、がみがみ怒鳴るだろうけれど……。（ローランド卿の方を向き）でも、結局はやってくれるわ。問題は叔父様……。（書斎のドアへ行き、開けて）お二人ともしばらく隣りへ行っててくださらない？　わたくし、叔父様と二人っきりで話したいの。

ローランド卿はブリッジ・テーブルの上手側の椅子に坐る。

ヒューゴー　（書斎のドアの方へ行きながらローランド卿に）気をつけろよ、ローリー、口車に乗ってばかな真似をしないようにな。

ジェレミー　（書斎のドアの方へ行きながらクラリサに）グッド・ラック！

ヒューゴーとジェレミーは書斎へ退場。クラリサはドアを閉める。

クラリサ　さあ！　（ブリッジ・テーブルの下手側の椅子へ行って坐る）

ローランド卿　クラリサ、わたしはおまえを愛しているし、これからもつねにおまえを愛することだろう。だが、この場合、答えは〝ノー〟だ。

クラリサ　（真剣に、力をこめて）この人の死体がここにあっちゃまずいのよ。マーズデンの森で見つかったんだったら、〝オリバーはたしかに今日ここへ来ましたけれど、すぐ帰りました〟って言えるわ。帰った時間だって警察にはっきり言えるわよ。現にピークさんがそこまでオリバーを送っていったんですもの。あれはほんとに運がよかったわ。そうすればオリバーがまたここへ戻ってきたっていうことも問題にならないでしょ？　でも、もしここで死体が見つかったとしたら、わたくしたちはみんな尋問を受けるし……（ゆっくりと）ピパにはとても持ちこたえられないでしょうからね。

ローランド卿　（当惑して）ピパ……？

クラリサ　きっと泣きくずれて、告白してしまうわ。

ローランド卿　（事情を理解して）ピパが……！

クラリサはうなずく。

なんてことだ！

クラリサ　今日オリバーがここへ来たとき、あの子、すっかりおびえてしまったの。〝あなたを連れていかせるようなことは絶対にしないわ〟って言ったんだけれど、あの子、わたくしを信じてくれなかったのね。無理もないわよ。あんないやな思いをしたんですもの……ひどいノイローゼにもなってしまって。ほんとにやるつもりはなかったって言ってたわ。まあ、事実そうだと思うの。恐怖心で我を忘れて、あの棒をつかんで後先《あとさき》の見さかいもなく殴りつけてしまったのよ。
ローランド卿　あの棒っていうと？
クラリサ　お玄関の飾りに掛けておいたあのアフリカ人の棒よ。今はパネルの後ろの隠し部屋に置いてあるわ。そのままにしてあるの、手も触れないで。
ローランド卿　（鋭く）ピパは今どこだ？
クラリサ　眠っているわ。睡眠薬を飲ませたから、朝まで目を覚ますことはないはずよ。明日、すぐにロンドンへ連れていくつもりなの、うちの婆やに世話をしてもらおうと思って……。

ローランド卿は立ちあがり、ブリッジ・テーブルの前を通って死体の上手側へ行く。彼は死体をちらりと見たあと、クラリサの方へ戻り、彼女にキスする。

ローランド卿　おまえの勝ちだ。あやまるよ。あの子に責任を取らせるわけにはいかない。あの二人を呼びなさい。（急いでフレンチ・ウィンドゥの方へ行き、外を見渡してカーテンを閉める）

クラリサは立って書斎のドアへ行き、開ける。

クラリサ　（呼ぶ）ヒューゴー、ジェレミー。（彼女はブリッジ・テーブルの後ろへ行く）

ヒューゴーとジェレミーが書斎から出てくる。

ヒューゴー　おまえのとこの執事は戸締まりもろくにしてないぞ。書斎の窓が開けっ放しだった。今わたしが閉めてきたよ。（ローランド卿に）どうだ？

ローランド卿　（ソファの下手側の前へ行き）改心させられたよ。

ジェレミー　（クラリサの下手側へ行き）お見事！

ローランド卿　（ソファの後ろへ回りながら）さあ、もうぐずぐずしてはいられない。ほら、手袋。（と手袋を取り、はめる）

ジェレミーは手袋を二組取り、一つをヒューゴーに渡し、一つを自分ではめる。ヒューゴーも二人にならう。

ジェレミー　（パネルの方へ行き）これはどうやって開けるんだ？

ジェレミー　（中央後方へ行き）こうやるんですよ、ピパに教わったんです。（とレバーを動かし、パネルを開ける）

ローランド卿は奥のスペースをのぞきこみ、アフリカ人の武器である先端にコブの付いた棒を取り出す。

ローランド卿　かなり重いな。先の方はだいぶ目方がある。しかしね……。

ヒューゴー　しかし……なんなんだ？

ローランド卿　いや、先のとがっているものでやられたんじゃないかと思っていたんだよ、何か金属性のものでね……。
ヒューゴー　肉切り包丁か何か？
ジェレミー　その棒はいかにも物騒だな。そんなので頭をやられたらイチコロだ。
ローランド卿　まあ……そうだな。ヒューゴー、この棒を向こうのストーブで燃してきてくれないか。（とヒューゴーに〝棒〟を渡す）ウォリンダー君、きみとわたしで死体を車まで運びましょう。（と死体の下手前に屈みこむ）

ジェレミーは死体の上手側に屈みこむ。突然、玄関のベルが鳴り響く。ジェレミーとローランド卿はびくっとする。

なんだ？
クラリサ　（当惑して）玄関のベルだけれど……

一同、驚いて棒立ちとなる。

いったい誰かしら？　ヘンリーとジョーンズさんにしては早過ぎるし……きっと、
ジョーン卿だわ。

ローランド卿　ジョーン卿って……？　あの、外務大臣の？

クラリサ　ええ。

ローランド卿　うむ……そういうことか。よし、なんとかしなきゃいかん。

ふたたびベルが鳴る。

クラリサ、おまえは早く出なさい。ただし、できるだけ向こうで引きのばしてくれよ。そのあいだに、わたしたちはここを片付けておくから。

クラリサはホールへ出ていく。

さあ、取り合えずここへ入れておこう。会議が始まったら書斎から運び出せばいい。

ジェレミー　それがいい。

ジェレミーとローランド卿は死体を持ちあげる。

ヒューゴー　手をかそうか？

ジェレミー　いえ、大丈夫です。

ジェレミーとローランド卿は死体の両脇を支え、パネルの奥のスペースへ運び入れる。ヒューゴーは懐中電燈を持つ。ローランド卿はパネルの奥から出てきて、レバーを押す。同時にジェレミーがさっとすり抜ける。ヒューゴーは懐中電燈と棒を持ってジェレミーの腕の下をかいくぐり、奥に入る。パネルは閉まる。

ローランド卿　（コートに血がついていないか調べながら）手袋。（手袋を脱ぎ、それをソファの左側の端のクッションの下に隠す）

ジェレミーもそれにならう。

さあ、ブリッジをはじめるんだ。（とブリッジ・テーブルへ行き、その後方の椅子に坐る）

ジェレミーはブリッジ・テーブルの上手側へ走り、自分のカードを取りあげる。

（ローランド卿は自分のカードを取り）早くしろよ、ヒューゴー。

ヒューゴーがパネルの奥でノックする。ジェレミーとローランド卿はヒューゴーがいないのに気づき、顔を見合わせる。ジェレミーは立ちあがって急いでスウィッチの方へ行き、パネルを開ける。ローランド卿も立ってパネルの下手側へ行く。ヒューゴーが奥から出てくる。

さあ、早く。

ジェレミー　（パネルを閉めながら）急いでください。

ローランド卿はヒューゴーの手袋を取り、それをクッションの下に隠す。三人はそれぞれの席へと走る。ヒューゴーがテーブルの下手側に、ローランド卿が後方寄りに、ジェレミーが上手側に坐る。三人は自分のカードを手に取る。

クラリサ、ロード警部、ジョーンズ巡査がホールから入る。

クラリサ　（まったく不意に）警察の方よ、叔父様。（ローランド卿の後ろに立つ）

ジョーンズ巡査はホールのドアのそばに立つ。

警部　（クラリサの上手側へ行きながら）みなさん、お寛《くつろ》ぎのところをお邪魔して申しわけありませんが、ここで殺人があったという通報を受けたものですから……。

ヒューゴー　なんだって！
ジェレミー　殺人！
ローランド卿　なに！
クラリサ　変な話よね？
（同時に）

警部　署に電話があったんです。（ヒューゴーに）やあ、どうも判事さん。
ヒューゴー　（もぐもぐと）やあ、警部。
ローランド卿　誰かにだまされたんですよ。
クラリサ　わたくしたち、今夜はずっとここでブリッジをやっておりましたのよ。

他の三人は〝そうだ〟とうなずく。

で、誰が殺されたって言うんですの？
警部　名前はまったく分からないんです。通報者は「〝コップルストーン邸〟で男が殺された。すぐ来てもらいたい」、それだけ言って電話を切ってしまったんです。それ以外はまったく聞き出せませんでした。
クラリサ　それは絶対いたずらですわ。（いかにも高潔に）でも、なんて悪質なんでしょう……。

ヒューゴーは〝まったくだ〟といった感じで舌打ちする。

警部　奥さんが驚くのも無理ありません。世の中にはばかなことをするやつが多くってね。

ヒューゴーは咳払いして立ちあがり、ソファのほうへ行って、左側の肘掛けに坐る。

さてと、みなさんのお話だと、今夜は何も異常なことはなかったということですね？　これはヘイルシャム＝ブラウンさんにもお目にかかった方がいいかもしれないな。

クラリサ　(中央へ行きながら) 主人は今おりませんの。今夜は遅くなると思いますわ。

警部　(クラリサの上手側へ行きながら) そうですか……。今お宅にいらっしゃる方は？

クラリサ　(順に指しながら) ローランド・デラヘイ卿、ジェレミー・ウォリンダーさん。

ローランド卿とジェレミーは〝よろしく〟とつぶやく。

それに小さな義理の娘がおりますけれど、今は寝《やす》んでおりますの。
警部　使用人というか、そういう方は？
クラリサ　今夜は外出日なんですの。メイドストーンへ映画を観にいっておりますわ。
警部　なるほど。

エルジンがホールから入る。

エルジン　（ジェレミーの後ろに立ち、警部を見つめながら）何かご用はございましょうか、奥様？
クラリサ　（びっくりして）あなたたち、映画に行ったんじゃないの？

警部はクラリサを鋭く見る。

エルジン　行って間もなく戻ってまいりました。家内が気分が悪いと申しまして……（婉曲に）そのー……胃の具合がちょっと。（警部から巡査へと視線を移して）何

　か……ございましたのでしょうか？
警部　あなたは？
エルジン　エルジンと申します。なんでもなければよろしいのでございますが……。
警部　警察に電話があったんですよ、ここで殺人があったっていうね。
エルジン　殺人……？
警部　何かご存じですか？
エルジン　いいえ、何も存じません。
　クラリサはソファの方へ行き、その右前の端の後方に立つ。
警部　あなたじゃないんですね、電話したのは？
エルジン　はい、わたくしはそんな……。
警部　あなたは今、裏口から入ってきたようですね？　（と下手へ一歩寄り、エルジンの方を向く）
エルジン　はい。
警部　何も異常ありませんでしたか？

エルジン　（警部の方へ一歩寄って）そう言えば、厩の前に見慣れぬ車がございました。
警部　見慣れない車？
エルジン　いったいどなたのだろうと思いまして……。妙なところに駐めてあったものでございますから。
警部　誰か乗っていましたか？
エルジン　わたくしが見ました限りでは、どなたも。
警部　（巡査に）ちょっと見てきてくれ、ジョーンズ。
クラリサ　（玄関の方を気にしながら、驚いて）ジョーンズ⁉
警部　（クラリサの方を振り向いて）はあ？
クラリサ　（振り向いて。警部に微笑《ほほえ》みながら）いえ、べつに……。あまりウェールズの方らしく見えなかったものですから。

警部はジョーンズ巡査とエルジンに出ていくよう指示する。エルジンと巡査はホールへ退場し、ドアを閉める。ジェレミーは立ちあがってソファの方へ行き、その右端に坐ってサンドウィッチを食べる。警部は帽子と手袋を肘掛け椅子に置き、ブリッジ・テーブルの上手側へ行く。

警部　今夜どなたか訪ねていらしたようですね、誰かは分からないにしても。どなたかいらっしゃる予定だったんですか？
クラリサ　（中央へ行きながら）いいえ、そんなことはございません。べつにどなたもいらっしゃる予定はございませんわ。ごらんの通り、ここにはブリッジをしていたわたくしども四人しかおりませんし……。
警部　わたしもブリッジは大好きですよ。
クラリサ　（ローランド卿の下手側へ行きながら）まあ、そうでいらっしゃいますの。ブラックウッドもなさいます？
警部　（テーブルの前へ行きながら）いや、ごくありきたりのやつが好きなんです。（クラリサの下手側へ行き）ヘイルシャム＝ブラウンさんは、こちらにはまだそう長くはありませんね？
クラリサ　（ローランド卿の後ろを回ってその上手側へ行きながら）はい、まだ一カ月半ぐらいですの。
警部　何かおかしなことはありませんでしたか、こちらへいらしてから？
ローランド卿　おかしなこととおっしゃいますと？

警部　やあ、じつはちょっと妙な話があるんですよ。ここはもとセロンさんという骨董商の家だったんです。その人が半年前に亡くなりましてね。
クラリサ　うかがいました。何か事故で亡くなったとか……？
警部　そうなんですよ。階段から落ちたんです、まっさかさまにね。（ジェレミーを見て）まあ、一応、事故死ということになりましたが、そうかもしれないし、そうじゃないかもしれないし……。
クラリサ　じゃ、誰かに突き落とされたのかもしれないと……？
警部　（彼女の方を向きながら）ええ、あるいは何者かが頭をガツンとやって……
　ヒューゴーは立ちあがり、机の前のストゥールへ行き、坐る。他の者たちはぎょっとする。
（警部はジェレミーの方を向き）……そうして、いかにも階段から落ちたように見せかけたのかもしれません。
クラリサ　ここの階段ですの？

警部　（クラリサの方を向きながら）いや、店の方です。もちろん、証拠は何もないんですが、いろいろ噂のあった人でしてね、あのセロンさんという人は。
ローランド卿　どういう点で……？
警部　まあ、事情聴取っていうやつを受けたことも一、二度ありますしね、麻薬捜査班が尋問に来たこともあるんです。（ジェレミーの方を向いて）まあ、しかし、ただの疑いにすぎなかったんですが……。
ローランド卿　公式には……ということでしょう？
警部　（ローランド卿の方を向いて）そうなんです、〝公式には〟ね。
ローランド卿　非公式にはどうなんです？
警部　それは申しあげるわけにはいきませんがね……。（ジェレミーの方を向いて）しかし、いささか妙な事があるんですよ。セロンさんの机に書きかけの手紙がありましてね、そのなかに最近何か非常に珍しいものが手に入ったと書いてあるんです。（ローランド卿の方を向き）絶対に偽造品ではないという保証をするが、値段は一万四千ポンドだというんですね。
ローランド卿　一万四千ポンドといえば大変な金額だ。いったい、なんなんだろう？宝石かな……しかし、〝偽造品〟という言葉からすると……絵かもしれないな。

ジェレミーはサンドウィッチを食べつづける。

警部　ええ。しかし、店にはそんな高価なものは何一つなかったんです。ちょっと値の張るものにはみんな保険が掛かっていたんですがね、それに該当するようなものは保険のリストにもないんです。（ジェレミーの方を向き）セロンさんの共同経営者っていうのは女性でしてね、ロンドンにも店を持っている人なんです。彼女は警察に手紙を寄こして、〝せっかくですが、お役に立つようなことは何も存じません〟と言ってきました。

ローランド卿　すると、セロンさんは〝殺された〟のかもしれないし、なんであろうと〝その品物〟が、盗まれたのかもしれないということですね？

警部　（ローランド卿の方を向きながら）それもあり得るんですがね、しかし、謎がもう一つあるんですよ。その犯人と目される者は、まだ〝その品物〟を発見できずにいるのかもしれないんです。

ローランド卿　というと？

警部　セロンさんが亡くなったあとで、二度も店が荒らされているんですよ。（ジェレミーの方を向き）窓ガラスを割って押し入って、徹底的に家捜ししているんです。

クラリサ　何かわけがおありのようですね、そんなことまでわたくしたちに話してくださるには……。

警部（クラリサの方を向きながら）やあ、ヘイルシャム＝ブラウンさん、それなんですよ。じつはね、セロンさんが隠したその〝品物〟とやらは、メイドストーンの店ではなく、ここに、この家に隠してあるのではないかと、ふと、そんな気がしたんです。何かとくにお気づきになったことはないか、お尋ねしたのもそのことなんですよ。

クラリサ　そういえば今日も電話がありまして、〝奥様を〟ということでわたくしが出ましたところ、切れてしまいましたのよ。たしかに、ちょっと変でした。あっ、そうそう……（ジェレミーに）このあいだ来た人も変だったわよね、何か買いたいって言ってきて……チェックのスーツを着た競馬好きの感じの人よ。（警部に）その人、あの机を買いたいと言って……。

警部（机の方へ行き、その上手側後方に立って）これですね？


ヒューゴーが立ちあがる。

クラリサ　（警部の上手側へ行き）はい。それはわたくしどものものではないから、お売りするわけにはいかないと申しあげたんですけれど、どうも信じていただけないようでした。もう大変な値段をつけて……それほどの値打ちがあるとも思えませんのに。

警部　それは面白い。（机を調べて）この手のものにはよく隠し引き出しが付いているものなんですがね。

クラリサ　はい、これにもございます。でも、べつに目ぼしいものは入っておりませんでしたわ。ビクトリア女王のサインの複製とかそういったものだけで……

巡査がホールから入る。免許証と手袋を持っている。彼はドアのすぐ前に立つ。

警部　（巡査の方へ行きながら）どうだった？

巡査　（少し訛《なま》る）車を調べてきました。運転席に手袋があったのと、サイド・ポケットに免許証が入っているだけでした。（と免許証を警部に渡す）

クラリサとジェレミーは巡査の訛《なま》りを聞いて顔を見合わせ微笑《ほほえ》む。

警部 （免許証を調べながら）オリバー・カステロー、二十七歳。サウス・ウェスト三番街モーガン・マンションか……。（ブリッジ・テーブルの上手側へ行き、鋭く）カステローという男が今日ここへ来たんですね？

クラリサとローランド卿はさっと視線を交わす。

クラリサ （中央へ行きながら）はい。あれは……えーと、六時半頃でした。

警部 お友だちですか？

クラリサ いいえ、友だちとはとてもいえませんわ。一、二度会っただけですし……。（わざと当惑した顔をして）あのー……ちょっと……複雑な…… （とローランド卿にバトンタッチする）

ローランド卿 それはわたしから事情を説明しましょう。ここの主人のヘンリー・ヘイルシャム＝ブラウンの前の奥さんのことなんですよ。一年ほど前にヘンリーと離婚しましてね、最近オリバー・カステローと結婚したんです。
警部　なるほど。それで、カステローさんは今日ここへ来たんですね？　なぜです？
お約束だったんですか？
クラリサ　（すらすらと）いいえ、そうではないんです。じつは、ミランダはヘンリーと別れるときに、自分のものではないものを一つ二つ持っていってしまったんですの。それでオリバーがたまたまこの辺りまで来たので、ちょっと寄って返してくれたんです。
警部　どういうものです？
クラリサ　（微笑みながら）べつにたいしたものじゃないんですの。（ソファの上手のテーブルから小さな銀のタバコ入れを取り）一つはこれです。（ブリッジ・テーブルの下手側へ行き、警部にそれを見せる）これは主人の母の形見で、とても大事にしているものですから。
警部　カステローさんはここにはどのくらいいたんです？
クラリサ　（タバコ入れをもとのテーブルに戻しながら）ほんのわずかでした。何か急いでいるとか言って。十分ぐらいだったと思いますわ。
警部　（ブリッジ・テーブルの後ろを回ってクラリサの上手側へ行き）その時は穏やか

に話しあったんでしょうね？
クラリサ　ええ、もちろんですわ。わざわざ返しにきてくれて、ありがたいと思ってお
りましたし。
警部　お宅を出るとき、これからどこへ行くか言っていませんでしたか？
クラリサ　はい、何も。じつは、そのフレンチ・ウィンドゥから出ていったんですけれ
ど、ちょうど、宅の庭師のピークさんがここにおりまして、お庭から抜ける道を案
内しようと言ってくれまして。
警部　お宅の庭師ね……。この屋敷内に住んでいるんですか、その人は？
クラリサ　はい、邸内《うち》に家がございまして。
警部　その人の話も聞いてみたいですね。ジョーンズ！
クラリサ　それならばインターフォンで連絡できますわ。呼びましょうか？　（ブリッ
ジ・テーブルの前を通って電話の方へ行き、受話器を取る）
警部　そうしていただけるとありがたいですね。
ヒューゴーは机の後方寄りの端へ行く。

クラリサ　はい、それでは……。（とインターフォンのボタンを押し）まだ寝《やす》んではいないと思いますわ。（と警部に微笑みかける）

警部は照れる。ジェレミーは微笑し、またサンドウィッチを食べる。

警部　やあ、どうも。（インターフォンに）ピークさん？　ヘイルシャム＝ブラウンです……ちょっと来ていただけないかしら？　事件があって……ええ、いいわ、じゃお願いね。（受話器を置き）今髪を洗っているんですけれど、着換えてすぐ来てくれるそうです。

クラリサは上手前方へ行く。

これからどこへ行くか、その庭師には言ったかもしれませんね。

クラリサ　そうですわね。（下手へ行きかかる）

警部　（中央前へ行きながら）問題は、カステローさんの車がなぜまだここにあるのか、カステローさんが今どこにいるかですね。

クラリサはしばらく立ち止まって、パネルの方をちらりと見て、それからフレンチ・ウィンドゥの方へ行く。クラリサがそこで立ち止まると同時に、ジェレミーは無邪気な顔で椅子に深々と坐り直し、脚を組む。

どうやら最後にカステローさんを目撃したのは、そのピークさんのようですね。そのフレンチ・ウィンドゥから出ていったとおっしゃいましたね。その後、鍵を掛けましたか？

クラリサ　（警部に背を向けて、フレンチ・ウィンドゥのそばに立ち）いいえ。

警部　ほう……？

クラリサ　（警部の方を向いて）はい、たぶん、掛けてなかったと思います。

警部　とすると、そこからまた入ってきたかもしれませんね。ヘイルシャム＝ブラウンさん、お許しいただければ、家のなかを調べてみたいんですがね。

クラリサ　（微笑みながら）どうぞどうぞ。このお部屋はごらんの通りですわ、誰も隠れているわけはありません。（彼女は一瞬カーテンを拡げてみせる）ほら！　（それから書斎のドアの方へ行き、そこを開けて）こちらは書斎ですの。入ってごらんになります？
警部　どうも。ジョーンズ！

警部と巡査は書斎へ入る。

（警部は出ていきながら、書斎の上手側の奥のドアを示し）ジョーンズ、あのドアはどこへ通じているのか見てきてくれ。
巡査　（奥で、ドアを開けながら）分かりました。

ローランド卿は立ってパネルの下手側へ走る。

ローランド卿　（ジェスチャーをまじえ）この裏はなんだ？
クラリサ　書棚よ。

ローランド卿はうなずき、ソファの左側の後ろへ行く。

巡査　（奥で）ホールへ通じているだけです。

警部と巡査は書斎から出てくる。

警部　よし。（ローランド卿が移動したのに気づいて）それじゃ、ほかの部屋も見せていただきましょう。（とホールのドアの方へ行く）

クラリサ　（警部の下手側へ行きながら）お差しつかえなければわたくしも一緒に参りますわ、ピパが目を覚ましておびえるといけませんから。いえ、べつにとくに心配しているわけではありませんの。子供というものは驚くほど眠りが深いものですわ。起こすときにはもうかなり揺すぶりませんと……。

警部はホールのドアを開ける。

お子様はいらっしゃいますの、警部さん？

警部　（彼女の方へ振り返って）男の子と女の子がいます。

警部は部屋から出て、階段を昇る。

クラリサ　まあ、それはすばらしいわ。（巡査の方を向いて）ジョーンズさんもどうぞ。

巡査もホールへ退場。クラリサもそれに続いて出ていくが、ドアを閉めるときには微笑は消える。ヒューゴーは両手をぬぐい、ジェレミーは額をふく。

ジェレミー　さて、どうします？　（またサンドウィッチをつまむ）

ローランド卿　どうもこれは気に入らないな。だんだん深みにはまってくる。

ヒューゴー　（ソファの右端の後方へ行きながら）わたしに言わせりゃ、打つ手は一つ、正直に白状することだ。手遅れにならないうちに打ち明けるほかないよ。

ジェレミー　とんでもない、そんなことはできませんよ。クラリサさんを裏切ることになります。

ヒューゴー　こんなことを続けていたら、クラリサの立場はいっそう悪くなる。死体をどうやって運び出すと言うんだね？　やつの車だって、もう警察に押さえられているんだ。

ジェレミー　ぼくの車を使えばいいですよ。
ヒューゴー（ソファの後ろを通ってローランド卿の上手側へ行きながら）とにかく気に入らん。まったく気に入らんよ。わたしはこの地域の治安判事なんだからな。どう思うね、ローリー？　きみはいつもはとても分別のある男じゃないか。
ローランド卿　わたしは一か八かやってみると約束したものだからね。
ヒューゴー（ブリッジ・テーブルの下手側へ行きながら）まったく気が知れんよ。
ローランド卿　まあ、運を天に任せるんだ。わたしたちは今、窮地に陥っている。わたしたちみんなだ。しかし、みんなでしっかり手を結んで、運さえよければ、なんとか切り抜けるチャンスもあると思うんだ。警察だってカステローがこの家にはいないと分かれば、引き揚げてほかを捜すことだろう。車を置いて、どこかへ歩いていったという可能性は十分考えられるからね。そうなれば、わたしたちに対する疑いも当然晴れる。わたしたちはみんな立派な社会的地位のある人間だ。ヒューゴーは治安判事だし、ヘンリーは外務省の高官だし……。
ヒューゴー　それに、きみはローランド〝卿〟という称号まであるんだからな。よーし、こうなりゃ、どこまでもやってみよう。
ジェレミー（立ちあがってソファの後ろを歩き回りながら）あれを今すぐ処分するわ

けにはいかないんですか？　（とパネルの奥をうなずいて示す）
ローランド卿　そんな時間はありませんよ。警部たちはすぐ戻ってきますからね。死体は今のままの方が安全です。
ジェレミー　クラリサさんには驚きました。あわてず騒がず、あの警部を完全に手玉に取っているんですからね。

玄関のベルが鳴る。

ローランド卿　きっとピークさんだ。こっちへ通してください、ウォリンダー君。

ジェレミーはホールへ出ていく。ヒューゴーはローランド卿を手招きする。ローランド卿は中央のヒューゴーの方へ行く。

ヒューゴー　ローリー……いったいどういうことなんだ？　彼女はなんて言ったんだい、さっき二人で話したとき？
ジェレミー　（奥で）こんばんは、ピークさん。

ローランド卿は口を開きかけるが、ミス・ピークの声を聞き、〝今はだめだ〟と身振りで示す。

ミス・ピーク　(奥で) どうもどうも。

玄関のドアが閉まる。

ジェレミー　(奥で) どうぞお入りください。

ジェレミーとミス・ピークがホールから入る。ミス・ピークはあわてて身仕度した様子で、頭にはタオルを巻いている。

ミス・ピーク　どうしたんです？　ブラウン＝ヘイルシャムさんはとっても変でしたよ、さっきの電話で。何かあったんですか？

ローランド卿　(きわめて丁重に) やあ、ピークさん、夜分遅くお呼び立てしてほんとに申しわけありません。（ブリッジ・テーブルの後ろの椅子を指して）どうぞお掛けください。

ヒューゴーはミス・ピークに椅子を引き出してやり、自分は上手前の安楽椅子《イージー・チエアー》に坐る。

ミス・ピーク　（ブリッジ・テーブルの後ろの椅子に坐って）あっ、どうも。
ローランド卿　じつは、今ここに警察の人が来ていましてね……それで……
ミス・ピーク　警察？　泥棒が入ったんですか？
ローランド卿　いえ、そうではないんですが……そのー……

クラリサ、警部、巡査がホールから入る。ローランド卿はソファの後ろへ退る。ジェレミーがソファへ行き坐る。

クラリサ　（ミス・ピークの上手側へ行き）警部さん、こちらがピークさんです。
警部　（ミス・ピークの下手側へ行き）やあ、どうも、ご足労をおかけして……。

ミス・ピーク　庭師のピークです、よろしく。今ローランド卿にお尋ねしてたんですがね、泥棒か何か入ったんですか？

警部　やあ、じつは警察にちょっと妙な電話がありましてね、それでこうしてとんできたんですが、あなたのお話をうかがえば事情がはっきりするかもしれないと思いまして……。

ローランド卿はソファの背に坐る。

ミス・ピーク　（陽気に笑って）なんだか面白そうですね。

警部　カステローさんのことなんですがね。オリバー・カステロー、二十七歳、住所はチェルシーのモーガン・マンション……。

ミス・ピーク　聞いたこともありません。

警部　カステローさんは今日の夕方、ヘイルシャム＝ブラウンさんを訪ねてここへ来ているんです。あなたが庭から出る道を案内なさったんだと思いますが？

ミス・ピーク　ああ、あの男。そういえば奥さんから名前も聞きましたっけ。ええ、知ってますよ。それで、あたしに何を聞きたいんです？

警部　そのときの模様を詳しく話していただけませんか？　カステローさんと別れたのはいつでした？

ミス・ピーク　えーと、待ってくださいよ……そこのフレンチ・ウィンドゥから出て……そうそう、〝バスに乗るんなら近道がありますよ〟ってあたしが言ったんです。そうしたら、あの人は〝いや、車だからいい〟って言って、そこを左へ曲がって厩の方へ行きましたっけ。

警部　いささかおかしな場所ですね、車を駐めるには。

ミス・ピーク　（警部の腕をポンと叩いて）あたしもそう思ったんです。

警部は驚いた様子。

玄関まで乗りつけりゃよさそうなもんだって思うでしょ？　人間っておかしなもんですよ、まったく。

警部　その後どうしました？

ミス・ピーク　あの人は車の方へ歩いていきましたからね、そのまま乗って帰ったんでしょう。

警部　実際に帰っていくところは見なかったんですね？
ミス・ピーク　ええ、あたしは道具を片付けていたもんですからね。
警部　カステローさんを見たのはそれが最後ですね？
ミス・ピーク　ええ、そうですけど……？
警部　カステローさんの車がまだここにあるんですよ。しかも、今夜七時四十九分に警察に電話があって、このコップルストーン邸で男が殺されたと言うんです。
ミス・ピーク　殺された？　ここでですか？　そんなばかな！
警部　みなさんそうお考えのようですがね。（とローランド卿を見る）
ミス・ピーク　そりゃ世の中に頭のおかしな人が多いってことはあたしだって知ってますよ、女に襲いかかったりするのがね。でも、男が殺されたっていうと……。
警部　今夜、車の音は聞こえませんでしたか？
ミス・ピーク　旦那様の車だけです。
警部　ヘイルシャム＝ブラウンさんの車？　ご帰宅は夜遅くなるとうかがっていましたが……？　（とクラリサに視線を向ける）
クラリサ　主人は一度帰ってまいりましたの。でも、またすぐ出かけなければならない用がございまして……。

警部　ほう……そうなんですか？　で、一度お帰りになったというのは、いつなんです？

クラリサ　えーと……あれは……

ミス・ピーク　あたしが仕事を終える十五分ぐらい前でした。あたしはね、いつも決まった時間よりもずっと長く働いてしまう癖があるんですよ。なかなか時間が守れなくって。人間、自分の仕事には夢中にならなきゃいけない……（とテーブルを叩き）それがあたしのモットーなんです。ええ、そう、旦那様がお帰りになったのは七時十五分頃でしたよ。

警部　（中央へ行きながら）カステローさんが出ていったすぐあとですね。（彼の態度はほんのわずかながら変化する）たぶん、二人はすれ違っているでしょうね。

ミス・ピーク　その人が舞い戻ったっていうんですか、旦那様に会おうっていうんで？

クラリサ　オリバーは絶対に宅には戻っておりません。

ミス・ピーク　でも、それは分かりませんよ、奥さん。そこのフレンチ・ウィンドゥからこっそり入りこんだかもしれませんからねえ。あっ、そうか！　まさか、あの男が旦那様を殺したっていうんじゃないんでしょうね？　いえ……どうも……どうもすみません。

クラリサ　オリバーがヘンリーを殺したっていうわけじゃないのよ。
警部　ご主人はどこへいらしたんです、一度お帰りになってから?
クラリサ　さあ、存じません。
警部　いつも何もおっしゃらないんですか、どこへ行くか?
クラリサ　わたくし、あれこれ問いただすようなことはいたしませんの。奥さんがいちいち細かいことまで問いただすようなことをしていたら、男の人はうんざりするだろうと思いまして。
ミス・ピークは突然金切り声をあげる。
ミス・ピーク　あたしはなんてばかなんでしょう! あの人の車がまだここにあるってことは、殺されたのはあの人だってことになるわけですね。(彼女は大笑いする)
ローランド卿　(立ちあがって) そもそも誰かが殺されたという根拠はまったくないんですよ、ピークさん。事実、警部だってこれは何かのいたずらだと思っているんです。
ミス・ピーク　でも、車がねえ……。車がとっても怪しいと思うんですよ。(立って警部の上手側へ行き）死体はもう捜してみたんですか、警部さん？
ローランド卿　もう警部が家中捜しましたよ。

警部はローランド卿を見つめる。

ミス・ピーク　（警部の肩を叩いて）たぶん、あのエルジンたちが何かからんでいますよ。あたしははじめっからあの夫婦を疑っているんです。あたしがここへ来るときもエルジンたちの寝室に明かりがついてました。それだけだって怪しいじゃありませんか。今夜はね、あの人たちの外出日なんです。いつもは十一時過ぎまで帰ってこないんですよ。あの夫婦の部屋も調べたんですか？

警部は何か言いかけ口を開く。

（ふたたび警部の肩を叩いて）まあ、聞いてくださいよ、警部さん。エルジンは前科者かもしれないじゃありませんか。それをカステローさんって人がたまたま知ってて、これは奥さんに教えておかなきゃと思って、それで戻ってきたのかもしれません。それを知ってエルジンが襲いかかったんです。死体はあとで夜中に棄てにいくつもりで、どこかに隠したんでしょう。さて、いったいどこに隠したんだろう……？　（フレンチ・ウィンドゥを指して）カーテンの後ろか……。

クラリサ　ばかなこと言わないで、ピークさん、カーテンの後ろなんか何もありはしないわよ。それにエルジンが人を殺すなんていうことは絶対ないわ。そんなこと言うなんてばかげているわよ。

ミス・ピーク　（振り向いて、クラリサの方へ一歩寄って）奥さんは人を信用しすぎますよ。まあ、あたしくらいの歳になれば、人は見掛け通りじゃないってことが分かるようになるでしょうがね。（彼女は笑って、警部の方を向く）

警部は何か言いかけ口を開く。

（ミス・ピークはふたたび警部の肩を叩き）ねえ警部さん、エルジンみたいな男は死体をどういうとこに隠すでしょうね？　この部屋と書斎のあいだに押し入れみたいなところがあるんですがね、もうあそこも捜したんでしょう？

ローランド卿　ピークさん、警部はもうこの部屋も書斎も両方調べたんですよ。

　警部はローランド卿を見つめる。

警部　（ミス・ピークの方を向いて）どういう意味です、〝押し入れみたいなところ〟というのは？

　クラリサたちは自制しながらもはっきりした反応を示す。

ミス・ピーク　隠れんぼなんかするには最高ですよ。そんな部屋があろうとは誰だって夢にも思いませんからねえ。見せてあげましょう。（彼女は警部の後ろを通ってパネルの方へ行く）

　警部はミス・ピークのあとに続く。ジェレミーは立ちあがる。

クラリサ　やめて……。

警部とミス・ピークはクラリサの方を振り向く。

(クラリサは警部の上手側へ行く) そこにはなんにもありませんわ。わたくしには分かっておりますの、たった今そこを通って書斎へ行ってきたばかりですから。(彼女の声はしだいに消えてゆく)

ミス・ピーク (がっかりして) ああ、そうですか、それじゃ……(とパネルから離れる)

クラリサは中央前方へ行く。

警部 (ミス・ピークの上手側へ行き) まあ、見せてくださいよ。ぜひ見ておきたいものです。

ミス・ピーク (書棚の方へ行きながら) もとは普通のドアだったんですよ、向こうにあるのも同じね。(彼女はレバーを動かす) この取っ手を引っぱるんです、そうするとドアが開く仕掛けでね。ほら……

パネルが開く。死体がバタンと前に倒れる。ミス・ピークは悲鳴をあげる。

警部　（クラリサを見つめながら）今夜たしかにここで殺人があったわけですね。

ミス・ピークの悲鳴が続くあいだに照明が消え

——幕——

第二場

場面　前と同じ。その十分後。

幕が揚がると、死体はパネルの背後のスペースに横たわっている。パネルは開いている。クラリサはソファの左端に頭を載せて横になっている。ローランド卿はソファの右端に坐っている。彼はブランデーのグラスを手にしており、それをクラリサに飲ませている。警部は電話で話をしており、巡査は中央後方のテーブルの前に立っている。ブリッジ・テーブルの前方の椅子は中央後方のテーブルの上手側へ移っている。

警部　（電話に）ああ、そう……なんだって？……礫《ひ》き逃げ？……どこだ？……ああ、そう……ああ、じゃ、なるべく早く現場に急行させてくれ……ああ、写真もいるな……ああ、鑑識や何かもみんなだ……それじゃ。（と受話器を置き、巡査の方へ行く）重なるときは重なるもんだ。ひと月ばかり何事もなかったのに、検死の医者は今ロンドン通りの衝突事故の方へ行っちまってるし、また轢き逃げはあるし……。これじゃちょっと遅れるな。（彼はパネルの方へ行き、〝押し入れ〟の前に立つ）

巡査は警部の上手側へ行く。

しかし、医者が来るまでできるだけのことはやっておこう。死体は動かさない方がいいな、写真を撮るまで……。まあ、写真なんかどうせ役に立たないがね。そこで殺されたわけじゃない。あとで運びこまれたのさ。（カーペットを見つめて）見ろ、死体を引きずった跡がある。（とソファの後ろに屈みこむ）

巡査もソファの後ろに屈みこむ。ローランド卿はソファの背越しにその様子をじっと見つめ、やがて、クラリサの方を向いて。

ローランド卿　どうだい？

クラリサ　（弱々しく）だいぶよくなったわ。

　　警部と巡査は立ちあがる。

警部　（巡査に）書棚のドアは閉めておいた方がいいだろう。またキーキーやられたらかなわない。

巡査　はい、分かりました。（とパネルを閉め、死体を隠す）

ローランド卿　（立ちあがって、ソファの下手側のテーブルにグラスを置き、警部の下手側へ行きながら）クラリサはひどいショックを受けています。自分の部屋で寝かせた方がいいと思うんですがね。

警部　（丁重だが、やや条件付きで）ええ、それはかまいません。ほんの少しのあいだならいいですよ。ただ、その前に二、三お尋ねしたいことがあるんですが……。

ローランド卿　今はお答えできるような状態ではありません。

クラリサ　（弱々しく）いいえ、大丈夫です。もう、ほんとに……。

ローランド卿　（警告するように）それはたいそう健気《けなげ》なことだが、しかし、無理はしない方がいいぞ。

クラリサ　大丈夫よ、叔父様。（警部に）叔父はいつもわたくしにとっても優しくしてくれますの。

警部　そのようですね。

クラリサ　何かございましたら、なんなりとどうぞ、警部さん。ただ、あいにくあまりお役には立ちませんわ、わたくし、ほんとに何も存じませんので。

ローランド卿はため息をつき、軽く首を振って顔をそむける。

警部　たいしてお手間は取らせません。（書斎のドアへ行き、そこを開け、ローランド卿に）こちらでお待ちいただけますか、他の方とご一緒に？

ローランド卿　わたしはここにいた方がいいと思うんですがね、またクラリサが……

警部　（きっぱりと）必要なときにはお呼びします。

一瞬、二人の視線は火花を散らす。

ローランド卿はしぶしぶ書斎へ退場。警部は書斎のドアを閉め、巡査に中央後方のテーブルの上手側に坐るように指示する。クラリサはソファからさっと脚を降ろし、きちんと坐り直す。巡査は中央後方のテーブルの上手側に坐り、手帳と鉛筆を取り出す。

警部　(警部はクラリサの上手側へ行く)さて、ヘイルシャム＝ブラウンさん、よろしければ……(ソファの上手側のテーブルのタバコ入れを取り、ひっくり返して見て、それからふたを開けて、なかのタバコを見つめる)

クラリサ　叔父はいつもわたくしをかばってくれますのよ。(警部がタバコ入れを見つめているのを見て心配になる。彼女は警部に魅惑的に微笑《ほほえ》みかける)まさか、拷問にかけるわけじゃありませんでしょうね？

警部　いや、そんなんじゃありませんよ。ただ、二、三お尋ねするだけです。(巡査に)いいか、ジョーンズ？　(ブリッジ・テーブルの下手側の椅子を引き出し、それをぐるりと回してクラリサの方を向いて坐る)

巡査　どうぞ。

警部　ヘイルシャム＝ブラウンさん、あなたはあそこに死体が隠されていたことはまったく知らなかったと言うんですね？

次のやり取りのあいだ、巡査はそれを記録する。

クラリサ　（目を大きく見開いて）ええ、もちろん知りませんでした。恐ろしいわ……（身震いして）ほんとにぞっとします。

警部　わたしたちがこの部屋を捜していたとき、その奥の部屋のことをどうして教えてくれなかったんです？

クラリサ　あの……ぜんぜん思い浮かばなかったんですの。わたくしどもはまったく使っておりませんものですから、すっかり忘れてしまっていて……。

警部　しかし、さっきおっしゃったじゃありませんか、今そこを通って書斎へ行ったばかりだって……。

クラリサ　（急いで）いいえ、そんなことはございません。警部さんは思い違いをなさっていらっしゃるんですわ。（書斎のドアを指して）わたくしが申しあげたのはあのドアのことでしたの。

警部　（やや荒々しく）それはたしかにわたしの思い違いでしたね。まあ、とにかく、奥さんはカステローさんがいつここへ戻ってきたか、あるいは、なぜ戻ってきたか、まったく分からないと言うんですね？
クラリサ　まったく思いも及びません。
警部　しかし、カステローさんが戻ってきたという事実には変わりありませんね。
クラリサ　はい、それはもちろん。
警部　戻ってきたのには何か理由があるはずです。
クラリサ　そうでしょうね。
警部　ご主人に会いにきたのかもしれませんね？
クラリサ　(急いで) いいえ、そんなはずはありませんわ。ヘンリーとオリバーはお互いにとても嫌っていますから。
警部　ほう！　けんかでもしたことがあるんですか？
クラリサ　(急いで) いいえ、けんかをしたっていうわけじゃないんですの。ヘンリーはただ、オリバーとは肌が合わないと思っているだけで……。(微笑《ほほえ》んで) 男の人っておかしなものですわね。
警部　あなたに会いに戻ってきたわけでもないんですね？
クラリサ　わたくしに？　いいえ、そんなはずは絶対にありませんわ。

警部　お宅にほかに誰かいませんか、カステローさんが会いにきそうな人は？
クラリサ　さあ、思い当たりませんけれど……誰かいるでしょうか？

警部は立ちあがって椅子をぐるっと回してブリッジ・テーブルのなかに入れる。

警部　カステローさんはここへ来て、前の奥さんが持っていってしまった品物を返した。そうして、〝さよなら〟を言って、おそらくはここから……（フレンチ・ウィンドゥの方へ行き）また入ってきた。そして殺され……死体はその奥に押しこまれた……（ソファの後ろへ行き）そのあいだ、およそ十分から……まあ二十分……誰も物音一つ聞いていない……。そういうわけですね？
クラリサ　はい。（彼女は警部の方を向く）不思議ですわね？
警部　ほんとうに何も聞こえなかったんですね？
クラリサ　はい、何も。ほんとに奇妙ですわ。
警部　（きびしく）奇妙すぎますね。（間を置き、それからホールのドアの方へ行って）今はこれだけです。

クラリサは立ちあがり、やや足ばやに書斎のドアの方へ行く。

警部 (警部はクラリサをさえぎって) いや、そちらではなく……。(とホールのドアを開ける)

クラリサ (書斎のドアのそばでためらい) あのー……みんなのところに行きたいんですけれど……。

警部 あとにしてください。

クラリサはやや気が進まない様子で、ホールのドアから出ていく。

(警部はホールのドアを閉め、巡査の上手側へ行く) もう一人の女はどこだ? えーと、ピークさんとか言ったな?

巡査 (立ちあがって) 空いている部屋に寝かせてきました。もちろん、ヒステリーがおさまってからですがね。やあ、ひどい目にあいましたよ、泣いたり笑ったり、まったく恐ろしい女ですよ、あれは。

警部　奥さんがあの女のところへ行くのはかまわないが、ほかの三人には近づけるなよ。口裏を合わせたり、何か吹きこんだりするといけない。書斎からホールへ出るドアは鍵を掛けておいただろうな？

巡査　はい。鍵はここにあります。

警部　よーし、一人ずつ呼ぼう。（ブリッジ・テーブルの上手側へ行き）しかし、その前に例の執事に会っておこう。

巡査　エルジンですか？

警部　ああ、すぐ呼んでくれ。あいつは何か知っていそうだ。

巡査　そうですね。（ホールのドアを開け、呼ぶ）エルジンさん、こっちへ入ってください。

警部はブリッジ・テーブルの上手側の椅子を引き出し、テーブルの後ろに立つ。

エルジンはドアが開いたときには階段の上に立っており、何か後ろめたそうに階段を昇りかかるが、巡査の声を聞いて立ち止まり、部屋へ入る。巡査はドアを閉め、中央後方の自分の席へ戻る。

警部　（ブリッジ・テーブルの上手側の椅子を指して）坐ってください、エルジンさん。

　エルジンは坐る。

　さてと、あなたは今夜映画を観にいったんですね……（ソファの左端の後ろへ行き）ところが早々と帰ってきた。なぜなんです？

エルジン　先ほど申しあげましたように、家内が気分が悪くなりましたもので。

警部　カステローさんが夕方訪ねて来たとき、なかへ通したのはあなたですね？

エルジン　はい。

警部　（ブリッジ・テーブルの下手側へ行き）どうしてすぐわれわれに言わなかったんです、外にあるのはカステローさんの車だって？

エルジン　まったく存じませんでした。あの方は玄関まで乗りつけてはいらっしゃいませんでしたので、車でいらしたことさえ存じませんで……。

警部　（ソファの左端の前へ行きながら）いささか妙ですね？

エルジン　はい。何かわけがあったんでございましょう。

警部　（エルジンの方を向いて）それはどういう意味です？
エルジン　（気取って）いえ、べつに。べつになんでもございません。
警部　（鋭く）カステローさんに前にも会ったことがあるんですか？
エルジン　いいえ、ございません。
警部　（意味ありげに）カステローさんのためじゃないんでしょうね、あなたが今夜早く帰ってきたのは？
エルジン　先ほどから申しあげておりますように、家内が……。
警部　その話はもう結構ですよ。（下手前へ行き）あなた、ヘイルシャム＝ブラウンさんのお宅にはどのぐらいいるんです？
エルジン　一カ月半になります。
警部　（エルジンの方を向き）その前は？
エルジン　（不安そうに）あのー……しばらく……休んでおりました。
警部　（ブリッジ・テーブルの下手側へ行きながら）休んでいた？　分かっているんですか、こういう場合には……（ソファの左端へ行き）あなたの身許保証書も入念に調べなきゃならないんですがね……？
エルジン　（半ば立ちあがり）ほんとうでございますか……？　（ふたたび坐って）わ

たくし……わたくし、警部さんには嘘は申しあげられませんので……。しかし、実際にはべつに問題はないのでございます……そのー……じつは、元の保証書は破れてしまいまして……なかに書いてありました言葉も憶えておりませんでしたので……。

警部　(ブリッジ・テーブルの下手側へ行きながら、残忍さを秘めた愛想のよさで)そこで、身許保証書を自分で書いたわけですね、要するに?

エルジン　べつに悪気はなかったんでございます。ただ、食べていくにはどうしても……。

警部　(話をさえぎって)目下のところ、保証書の偽造には興味ありません。わたしが知りたいのは、今夜ここで何があったか、カステローさんのことであなたが何を知っているかです。

エルジン　あの方にお目にかかったのはほんとうに今日がはじめてでございます。(ホールのドアの方を見回して)ただ、なぜいらしたかは、おおよそ見当がついておりますが……。

警部　というと?

エルジン　ゆすりでございますよ。奥様のことで何か握っているようでございました。

警部　（ブリッジ・テーブルの下手後方へ行きながら）ヘイルシャム＝ブラウンさんのことですね？
エルジン　（熱心に）はい。何かご用はないかうかがいにまいりましたときに耳にいたしました。
警部　どういうことを聞いたんです？
エルジン　（ドラマティックに）奥様はこうおっしゃっていました。〝これはゆすりなのね。わたくしは絶対に屈しないわ〟と。
警部　（やや疑わしそうに）うむ！　ほかには？
エルジン　いいえ。わたくしがなかに入りましたときには、お話をおやめになりまして、出ましたあとは、声を低くなさいましたので……。
警部　なるほど。
エルジン　（立ちあがって、哀れっぽく）警部さん、どうか穏便にお願い申しあげます。これまでもいろいろと苦労をして参ったものでございますので……。
警部　まあ、行きなさい。
エルジン　（急いで）はい。ありがとう存じます。

エルジンは足ばやにホールへ退場する。

警部　（巡査の下手側へ行きながら）〝ゆすり〟……か？

巡査　（形式ばった言い方で）しかも相手は、立派な、一見、令夫人風のヘイルシャム＝ブラウンさんですからね……。

警部　（ぶっきらぼうに）ヒューゴー・バーチ判事に会おう。（彼は中央へ行く）

巡査は立って、書斎のドアの方へ行き、開ける。

巡査　（呼ぶ）ヒューゴー・バーチ判事、どうぞ。

ヒューゴーが書斎から入る。彼は不屈な、やや傲慢な顔をしている。巡査はドアを閉め自席に戻る。

警部　（愛想よく）どうぞ、判事さん。（ブリッジ・テーブルの後ろの椅子を指して）そちらにどうぞ。

ヒューゴーは坐る。

（警部はヒューゴーの後ろを回ってブリッジ・テーブルの上手側へ行き）まったくいやな事態になりましたね、判事さん。判事さんはどうお考えですか？　（警部はブリッジ・テーブルの上手側の椅子をテーブルの下に押しこむ）

ヒューゴー　（眼鏡のケースでテーブルを叩きながら、けんか腰で）何も。

警部　何も……ですか？

ヒューゴー　わたしにどう言えっていうんだね？　いまわしい女が、いまわしい戸棚を開けたら、いまわしい死体が転がり落ちたっていうことだ。わたしだってびっくり仰天したよ。まだ、胸がドキドキしている。わたしに何か聞いたって無駄さ、なんにも知らなかったんだからな。

警部　それがヒューゴー・バーチ判事としての陳述ですね？　この件については何もご存じないと言うのが？

ヒューゴー　いいかね、きみ、わたしはあの男を殺しちゃいないし、そもそも、あの男とは一面識もないんだ。

警部　一面識もなかった……。しかし、名前はお聞きになったことがありますね？

ヒューゴー　ああ、まったく不愉快きわまる怪しからんやつと聞いているよ。

警部　どういう点で……？

ヒューゴー　そんなことはわたしは知らんよ。女には好かれるが、男としちゃ三文の値打ちもないっていう、まあ、そんな類《たぐい》の男なんだろう。

警部　じゃ、カステローさんがなぜまたここへ舞い戻ったか、まったくお心当たりはないんですね？

ヒューゴー　皆目、見当がつかん。

警部　（ヒューゴーの後ろを回って中央へ行きながら）カステローさんとヘイルシャム＝ブラウンさんの今の奥さんと、何かあったとお考えですか？

ヒューゴー　（びっくりして）クラリサが？　とんでもない！　あれはいい子だよ、あのクラリサは。とても分別はあるしな。あんなカステローなんてやつには見向きもしないさ。

警部　とすると、もうこれ以上お尋ねしても無駄というわけですね？

ヒューゴー　すまないが、まあ、そういうことだ。

警部　（ソファの後ろへ行きながら）その奥に死体があることもご存じなかったんですね？

ヒューゴー　もちろん知らなかったよ。

警部　ありがとうございました。

ヒューゴー　（ぼんやりと）えっ？

警部　もう結構です、ありがとうございました。（警部は机の方へ行き、『紳士録』を取りあげる）

ヒューゴーは立ちあがって眼鏡のケースを取り、書斎のドアの方へ行く。巡査が立ちあがって行く手を立ちふさぐ。ヒューゴーはフレンチ・ウィンドゥの方へ向かう。

巡査　（ホールのドアの方へ行きながら）判事さん、こちらからどうぞ。

ヒューゴーはホールのドアから退場。巡査がドアを閉める。警部は『紳士録』をブリッジ・テーブルへ持ってくる。

判事はいろいろ知っているようですね？（巡査は警部の下手側へ行く）治安判事としてはあんまりありがたくはないんでしょう、殺人事件に巻きこまれるなんて。

警部はブリッジ・テーブルの後ろに坐り、『紳士録』を調べる。

警部　（読む）〝デラヘイ、ローランド・エドワード・マーク卿、バス中級勲爵士、ビクトリア勲章受章……〟

巡査　なんです、それは？（警部の肩越しにのぞきこんで）ああ、『紳士録』ですか……。

警部　（読む）〝イートン校よりケンブリッジ大学トリニティ・カレッジに進み……〟。うむ、すごいエリートだ！　〝外務省顧問、外務次官、スペイン大使、特命全権大使として……〟

巡査　へえ！

警部　（驚いて巡査を見つめたあと）〝コンスタンティノープル外務省との条約締結に参加……所属クラブ、ブードゥルス、ホワイツ……〟

巡査　次に呼びますか？
警部　いや、彼は最後にしよう。あの若いジェレミー・ウォリンダーっていうのがいい。

巡査は書斎のドアを開ける。

巡査　（呼ぶ）ウォリンダーさん。

ジェレミーが書斎から入る。彼は気楽なふうを装うが、あまりうまくいかない。巡査は書斎のドアを閉め、自席に戻る。警部は中腰になり、ブリッジ・テーブルの下手側の椅子を引き出す。

警部　（ふたたび自分の椅子に坐りながら）どうぞお掛けください。

ジェレミーはブリッジ・テーブルの下手側の椅子に坐る。

お名前は？

ジェレミー　ジェレミー・ウォリンダーです。
警部　住所は？
ジェレミー　ブロード・ストリートの三百四十番地とグローブナー・スクウェアの三十四番地。別荘はウィルトシャーのヘップストーンです。
警部　ほう、三軒もあるんですか。ずいぶん結構なご身分のようですね。
ジェレミー　いいえ、ぼくはラザラス・スタイン卿の個人秘書なんです。今言ったのはみんなスタイン卿の家ですよ。
警部　秘書になったのはいつです？
ジェレミー　一年ほど前です。
警部　このオリバー・カステローという男は、前から知っていましたか？
ジェレミー　いいえ、さっきまで名前も知りませんでした。
警部　カステローさんが最初夕方に来たときも、あなたは会っていないんですね？
ジェレミー　はい。みんなとゴルフ・クラブへ行っていましたから。向こうで食事したんですよ。今夜は執事たちの外出日だからって、ヒューゴーさんがクラブへ招待してくれたんです。
警部　ヘイルシャム＝ブラウンさんの奥さんも招待されたんですか？

ジェレミー　いいえ。

警部は眉をつりあげる。

（ジェレミーは急いで続ける）いや、クラリサさんだって、もし都合がよければ来てよかったんですよ。

警部　じゃ、招待はされたが、奥さんの方が断わったということですね？

ジェレミー　（動揺して）いや、そうじゃないんです、招待するとかしないとか、そういうことじゃないんですよ。ぼくの言うのはですね……つまり、ご主人のヘンリーさんはいつもとても疲れて帰ってくるんです。それでクラリサさんは、あり合わせのものでもいいから、いつものようにご主人とここで食事をしたいと言って……。

警部　じゃ、ご主人はここで食事をすると思っていたんですね、奥さんは？　帰ってきて、またすぐ出かけるとは思っていなかったということですか？

ジェレミー　（まったく度を失い）いえ……その―……それはですね……いや、ぼくはよく知らないんですけど……。ええ……あの―……クラリサさんは……ヘンリーさんは今夜出かけるって言ってたように思います。

警部　（立ちあがってジェレミーの後ろを回って彼の下手側へ行きながら）とすると妙ですね、奥さんがクラブへは行かないで、ここに残って一人で食事をしたというのは？

ジェレミー　（坐ったまま警部の方を向いて）それは……そのー……それはですね……（急いで）子供がいるからなんです……ピパがいるからなんですよ。子供一人残して出かけるわけにはいかないって言って……。

警部　（意味ありげに）あるいは、誰か客を、一人っきりで迎えたかったのかもしれませんね？

ジェレミー　（立ちあがって、むきになって）ずいぶんいやらしいことを言うんですね、警部。クラリサさんはそんなことはしやしませんよ。絶対にしやしません。

警部　しかし、オリバー・カステローは誰かに会いにきたんです。使用人たちは外出していた。ピークさんも自分の家にいた。となると、ヘイルシャム＝ブラウンさんの奥さんのほかに、カステローが訪ねる相手は誰もいないじゃありませんか。

ジェレミー　ぼくに言えることは……（顔をそむけて）クラリサさんに聞いてもらうほかないって言うことだけです。

警部　彼女にはもう聞きましたよ。

ジェレミー　なんて言いました、クラリサさんは？
警部　（気楽に）あなたとまったく同じことを言ってましたよ。
ジェレミー　（ブリッジ・テーブルの下手側に坐って）ほら、ごらんなさい。

警部は下手へ一、二歩行き、それから向きを変えて中央へ行く。

警部　ところで、どうして三人ともクラブから戻ってきたんです？　はじめからの計画だったんですか？
ジェレミー　ええ。いや、そうじゃないんです。
警部　どっちなんですか？
ジェレミー　つまりですね、こういうことなんですよ。クラブまでは三人で一緒に行ったんです。それでローランド卿とヒューゴーさんはそのまま食堂へ行って、ぼくは少し遅れていきました。ビュッフェ・スタイルの食堂だから三人一緒じゃなくてもよかったんです。ぼくは暗くなるまでボールを叩いていたんですけど、そのうちに誰かが〝ブリッジでもやろうか？〟って言ったんです。そこで、ぼくが〝じゃ、クラリサさんのところへ戻りませんか？〟って言って、それでここへ戻ってきたっていうわけなんです。
警部　なるほど。あなたが言い出したんですね？
ジェレミー　いや、最初に誰が言い出したかは憶えていません。ヒューゴー・バーチさんだったかもしれませんね。
警部　それで、ここへ着いたのは何時でした？
ジェレミー　さあ、はっきりした時間は分かりませんけど、クラブを出たのが八時ちょっと前だったと思いますから……。
警部　あそこからだと……歩いて五分ぐらいですね？
ジェレミー　そんなものです。ゴルフ・コースはここの庭のすぐ隣りですから。
警部　（ブリッジ・テーブルの前を通って上手側へ行き）それでブリッジをやったわけですね？
ジェレミー　ええ。
警部　（ブリッジ・テーブルの上手側へ行きながら）とすると、われわれが着く二十分ぐらい前ということになりますね。（ブリッジ・テーブルの後ろへ行き）それじゃ、三回勝負を……（クラリサの点数表をジェレミーに示し）二度もやって、また三度目に入るまでの時間はなかったはずですが……？

ジェレミー　はあ？　ええ、もちろんです。最初のは昨日やったときのスコアなんですよ。

警部　（ほかの点数表を指して）どれもみんな同じ人が記入していますね。

ジェレミー　ええ、そうなんです。みんな不精者で、スコアはいっさいクラリサさんに任せてしまって……。

警部　（ソファの上手側へ行きながら）あの通路のことは知ってましたか、この部屋と書斎のあいだの？

ジェレミー　死体があったところですか？

警部　ええ。

ジェレミー　いや、ぜんぜん知りませんでしたよ。見事な仕掛けですよねえ？　これじゃ誰にも分かりません。

警部はソファの左側の肘掛けに腰を降ろし、やや後ろにずり退り、クッションを取り除いて手袋を見つける。

警部　とすると、あそこに死体があることはもちろん知らなかったわけですね？

ジェレミー　（そっぽを向いて）いやあ、びっくりしましたよ、心臓が止まるかと思いました。

警部は手袋を選り分ける。

まったくスリラー・ドラマみたいだった。自分の目が信じられませんでしたね。

警部はちょっと奇術師のような態度で一組の手袋を上方に差し出す。

警部　これはあなたの手袋ですか？
ジェレミー　（警部の方を向いて）いや。ああ、そうです。
警部　クラブから帰ってくるときにはめていたんですね？
ジェレミー　ええ、今夜はちょっと風が冷たかったものですから……。
警部　（立ってジェレミーの下手側へ行きながら）あなたの思い違いでしょう。（手袋のなかのイニシャルを示して）これはなかにヘンリー・ヘイルシャム＝ブラウンさんのイニシャルが付いてますよ。

ジェレミー　なんだ、ぼくもそれと同じやつを持っているものだから……。

警部はソファへ戻り、左側の肘掛けに坐って、もう一組の手袋を取り出す。

警部　じゃ、これですか、あなたのは？

ジェレミー　ええ、そうです。今度はもう引っかかりませんよ。（笑う）とにかく、手袋なんてどれもみんな同じように見えますからね。

警部　（三組目の手袋を取り出しながら）手袋が三組あるんですよ。（手袋を調べて）みんななかにヘンリー・ヘイルシャム＝ブラウンさんのイニシャルが付いているんです。変ですね。

ジェレミー　まあ、ここはヘンリーさんの家ですからね。手袋の三つぐらいころがってたって別に不思議はないでしょう。

警部　ただ、面白いのは、あなたがこのなかの一つを自分のだと思った点です。あなたの手袋は、今そのポケットから顔を出しているやつじゃないんですか？

ジェレミーは右側のポケットに手を入れる。

ジェレミー　いや、反対側です。

警部　（左側のポケットから手袋を取り出し）あっ、ほんとだ。ぼくのはここに入ってた。

ジェレミー　ここにあるのとはあんまり似てませんね。どうです？

警部　まあ、ぼくのこれはゴルフ用のやつですから……。

ジェレミー　ありがとうございました、ウォリンダーさん。（彼はクッションを元に戻す）今はこれだけで結構です。

警部　（立ちあがって、すっかりあわてて）警部、まさか警部は……？

ジェレミー　まさか……なんなんです？

警部　いや、いいんです。（と書斎のドアの方へ行く）

巡査が立ちあがって行く手をさえぎる。ジェレミーは警部の方を向き、〝こっちですか？〟とホールのドアを指す。警部はうなずく。

ジェレミーはホールへ出てゆき、ドアを閉める。警部は手袋をソファに置き、ブリッジ・テーブルの方へ行ってその後方に坐る。彼は『紳士録』を調べる。

警部　ああ、あった。（読む）〝スタイン……ラザラス・スタイン卿……イギリス・アラブ合弁石油会社社長……メキシコ湾石油開発株式会社社長……所属クラブ……〟ほう、これはすごい！　〝趣味──切手収集、ゴルフ、釣り……住所……ブロード・ストリートの三百四十番地とグローブナー・スクウェアの三十四番地……〟

警部が読みあげているあいだに、巡査はソファの上手側のテーブルへ行き、灰皿の上で鉛筆を削る。彼は床に落ちた削りくずを拾おうと屈みこみ、ピパが拾い残したカードを見つける。彼はそれをブリッジ・テーブルへ持っていき、ポンとその上に投げる。

巡査　トランプですよ。ソファの下に落ちてたんです。
なんだそれは？
警部　（そのカードを取り）スペードのエースか。面白いトランプだな。うむ、待てよ。（とカードを引っくり返し）赤か……。同じものだな。（テーブルから赤いカードを取り、拡げる）

巡査も警部と協力して、カードを調べる。

巡査　うむ、どう見てもスペードのエースはない。（立ちあがって）とすると、これは注目すべきことだ。そうは思わないか、ジョーンズ？　（警部はスペードのエースをポケットに入れ、ソファの上手側へ行く）

警部　（テーブルの上でカードをまとめながら）ええ、まさに注目すべきことですね。

巡査　（ソファから三組の手袋を取り）よし、ローランド・デラヘイ卿を呼ぼう。（警部は手袋をブリッジ・テーブルへ持っていき、テーブルの後方寄りに一組ずつ並べる）

巡査は書斎のドアを開ける。

巡査　（呼ぶ）ローランド・デラヘイ卿どうぞ。

ローランド卿が書斎から入る。

警部　どうぞ、ローランド卿。（ブリッジ・テーブルの後方の椅子を指して）どうぞお掛けください。

ローランド卿はブリッジ・テーブルの方へ行き、手袋を見て一瞬立ち止まり、それから後方の椅子に坐る。

住所は？

ローランド・デラヘイ卿ですね？（警部はテーブルの下手側の椅子にもたれる）

ローランド卿　リンカンシャー、リトルウィッチ・グリーンのロング・パドックというところです。（『紳士録』に手をやり）これで見つからなかったんですか？

警部　さっそくですが、ローランド卿、今夜のことについて、閣下のご説明をうかがいたいんですがね、つまり、七時ちょっと前にここを出たあとのことです。

ローランド卿　今日は一日雨でしたが、夕方になって急に晴れてきました。そこで予定通りゴルフ・クラブへ食事に出かけたんですよ。今日は使用人たちが外出日なんで、前からそう決めていたんです。ちょうど、食事がすむころ、クラリサから電話がありましてね、ヘンリーが急に外出することになったから、こっちへ戻って四人でブリッジをやらないかって言うんです。それで三人とも戻ってきたんですよ。そうして、ブリッジをはじめて二十分ほど経ったときに、あなたがいらしたというわけです。そのあとは、もうご存じでしょう。

警部　ウォリンダーさんの話とはちょっと違いますね。

ローランド卿　そうですか？　彼はどう言いました？

警部　ここへ戻ってブリッジをやろうというのは、三人のうちの誰かが言い出したことだと言ってましたよ。たぶんヒューゴー・バーチさんだろうって。

ローランド卿　(すらすらと)ああ、ウォリンダー君は食堂にはちょっと遅れてきましたからね、クラリサの電話のことを知らなかったんでしょう。

ローランド卿と警部の視線が合い、一瞬火花を散らす。警部はブリッジ・テーブルの後ろを回って、その上手側へ行く。

一つの問題に対して二人の人間の供述が完全に一致するなんていうことは、むしろきわめてまれですよ。それはわたしなんかより警部の方がよくご存じのはずですがね。実際、もし三人の人間の話がまったく一致していたら、わたしなら逆に疑わしいと思うでしょうからね。

警部　（テーブルの上手側に坐って）この件については閣下とじっくり話し合いたいんですがね、閣下さえよろしければ。

ローランド卿　それは大いに結構ですね。

警部　亡くなったオリバー・カステローさんは、何か特別な目的があってここを訪ねて来たはずです。それは閣下もお認めになりますね？

ローランド卿　彼はミランダが間違って持っていってしまったものを返しにきただけですよ。

警部　それはどうですかね、まあ、口実にそんなことを言ったかもしれませんが。とにかく、それがほんとの理由じゃないでしょう、カステローさんがここへ来たのは。

ローランド卿　まあ、そうかもしれませんね。わたしにはなんとも言えませんが。

警部　おそらく、誰かに会いにきたんでしょう。閣下かもしれませんし、ウォリンダーさんかヒューゴー・バーチ判事かもしれません。

ローランド卿　ヒューゴーに会いたいんなら彼の家へ行くでしょう。こんなところへ来るはずはありません。

警部　たぶん、そうでしょうね。とすると、残るのは四人です。閣下か、ジェレミー・ウォリンダーさんか、ヘンリー・ヘイルシャム＝ブラウンさんか、あるいは奥さんのクラリサさんということになります。ところで、オリバー・カステローさんのことはよくご存じなんですか？

ローランド卿　いや、ほとんど何も知りません。一、二度会っただけですから。

警部　どこで会いました？

ローランド卿（じっと考えて）一年以上前にヘイルシャム＝ブラウンさんのロンドンの家で二度、あと一度、レストランで会ったような気がします。

警部　しかし、閣下には彼を殺したいと思うような理由は何もありませんね？

ローランド卿（微笑して）わたしをお疑いですか？

警部　いや、そうじゃないんです。これは一つの消去法ですよ。わたしも閣下にはオリバー・カステローを殺す動機はないと思います。そうなると、残るのは三人ですね。

ローランド卿　なんだか推理ドラマみたいですね。

警部は微笑み、立ちあがってブリッジ・テーブルの前を通ってローランド卿の下手側へ行く。

警部　まずジェレミー・ウォリンダーさんですが、あの方とは……？

ローランド卿　二日前にここではじめて会ったんです。感じのいい青年ですよ、育ちもよさそうだし、なかなか教養もあるようです。詳しいことはまったく知りませんが、およそ人殺しには見えませんね。

警部　じゃ、ウォリンダーさんのことはそのくらいにして、次は……

ローランド卿　（先手を打って）ヘンリーとクラリサのことはどの程度知っているかとおっしゃるんでしょ？　ヘンリーのことならよーく知っています。もう長い付き合いですからね。それにクラリサのことは、ほんとに何から何まで知っていますよ。わたしは彼女の後見人ですし、言葉では言いあらわせないほど可愛がっている娘《こ》ですから。

警部　なるほど。それをうかがって、だいぶはっきりしてきました。

ローランド卿　ほう……？

警部　（ソファの右端の後ろへ行きながら）今夜、予定を変更したのはなぜなんです？　ここへ戻ってきて、ブリッジをやっていたように装《よそお》ったのはなぜなんです？

ローランド卿　（鋭く）装った？

警部 (ポケットからカードを取り出し、ローランド卿の下手側へ行きながら) このカードがそっちのソファの下にありました。三回勝負のブリッジを二度すませて、三度目にまで入ったとはちょっと信じられませんね、五十一枚しかないトランプで、スペードのエースが足りないというのに……。

ローランド卿は警部からカードを受け取り、裏を見て、それを警部に返す。

ローランド卿 そうですね。それはちょっと信じられないでしょうな。

警部は絶望したように上を見上げる。

警部 それにヘンリー・ヘイルシャム＝ブラウンさんの手袋が三組あることも、かなり説明を要することだと思いますがね。

ローランド卿 (一瞬、間を置いてから) せっかくですがね、警部、その点はわたしからは説明いたしかねますな。

警部 そうでしょうね。閣下は〝ある女性〟をかばおうとやっきになっていらっしゃるんですから。しかし、そんなことをなさってもなんの役にも立ちませんよ。事実は、いずれは明らかになります。

ローランド卿　どうですかね……。

警部　（パネルの方へ行きながら）クラリサさんは死体がそこにあるのを知ってたんです。彼女が自分でそこへ引きずりこんだのか、閣下たちが手をかしたのか、それはわたしにも分かりません。しかし、彼女は知っていたにちがいありません。（ローランド卿の下手側へ行って）要するに、オリバー・カステローはクラリサさんに会いにきたんだと思いますね、脅迫して彼女から金を巻きあげる目的で。

ローランド卿　脅迫？　脅迫って、何をです？

警部　それもいずれ明らかになるでしょう。クラリサ・ヘイルシャム＝ブラウンさんは若くて魅力的で、陽気な方です。一方オリバー・カステローさんの方も、俗にいう女好きのする男性です。それでクラリサさんは結婚したばかり、そうなると……。

ローランド卿　待ってください！　警部に二、三知っておいていただきたいことがあるんです。いずれもちょっと調べてみれば分かることとですよ。まず、ヘンリー・ヘイルシャム＝ブラウンの前の結婚生活のことなんですがね、あれはとても不幸なものでした。相手のミランダという女性はきれいな人でしたが、精神的に不安定で、いわゆる神経症にかかっていたんですよ。それで肉体的にも精神的にも、きわめて憂慮すべき状態になりましてね、小さな娘も養護施設に入れなければならなくなったんです。やあ、まったくぞっとするような有様でしたよ。彼女は麻薬中毒になっていたようです。どうやってそういう薬を手に入れたのかは分かりませんでしたが、あのオリバー・カステローが渡していたことはほぼ間違いないようです。ミランダはオリバーに夢中になって、とうとう駈け落ちしました。そうして、離婚を申し入れてきたんで、ヘンリーもそれに応じたというわけです。まあ、こっちから離婚してやればよかったんですが、そういう点、ヘンリーは古いものですからね。しかし、ヘンリーも今はクラリサと結婚して、幸せに、平穏に暮らしています。わたしが絶対に保証しますよ、警部、クラリサの過去には何一つ後ろ暗いところはありません。オリバーに脅迫されるようなことは、クラリサには一切ありませんよ、それは神に誓ってもいい。（彼は立ちあがって椅子をテーブルの下に突っこみ、テーブルの上手側へ行き、それからソファの方へ行って、その右の端の前に立つ）ねえ、警部、警部はまったく思い違いをしているんじゃないんですか？　どうしてそう決めてかかるんです、オリバーは人に会いにきたんだと？　場所が目的だったかもしれないじゃありませんか。

警部　それはどういう意味です？
ローランド卿　（ソファの右の端の後ろへ行きながら）警部はさっきここの家の持ち主だったセロンさんの話をなさったとき、麻薬捜査班がセロンさんに関心を持っていたとおっしゃいましたね。それと何かつながりがあるんじゃないでしょうかね？麻薬……セロンさん……セロンさんの家……（ソファの左の端の後方へ行き）オリバーはきっと前にも一度ここへ来ているんでしょう、表向きはセロンさんの骨董を見にきたような顔をしてね。オリバー・カステローはこの家の何かを見たかったのかもしれません。まあ、例えばあの机です。

警部は机を見つめる。

さっきクラリサも言ってましたが、あれを法外な値で買いにきた者もいます。ですから、オリバーはあの机を調べに、あるいは探りにきたのかもしれません。それに、オリバーは何者かに後を尾《つ》けられていて、机のそばへ寄ったとたんに殴られたとも考えられます。
警部　そうあれこれ推測してみても……。

ローランド卿　きわめて道理にかなった推測だと思いますがね。
警部　じゃ、死体をパネルの後ろに隠したのも、その人物ということですか？
ローランド卿　そうです。
警部　とすると、そのパネルの秘密を知っている者ということになりますね？
ローランド卿　セロンさんの時代にこの家を知っていた者です。
警部　（ややいらいらして）ええ、まあ、それはいいとして、しかし、もう一つ説明のつかない点がありますね。
ローランド卿　なんでしょう？
警部　死体があそこに隠してあるのを奥さんが知っていた点です。われわれが捜そうとするのを妨げようとしましたからね。そんなことはないといくらおっしゃろうと無駄ですよ。彼女は知っていたんです。（と上手へ行く）
ローランド卿　（間を置いてから）警部。クラリサと話をさせていただけますか？
警部　わたしの立ち会いのもとならば。
ローランド卿　それで結構。
警部　（ローランド卿の上手前へ行きながら）ジョーンズ！

巡査は立ちあがってホールへ退場。

ローランド卿　われわれは完全にあなたの支配下にあるわけですからね、警部。ほかにどんなところまでは見逃していただけるのか、いずれお尋ねすることにしましょう。

巡査がホールから入り、ドアを開けたまま立つ。

巡査　どうぞお入りください、奥さん。

クラリサがホールから入る。ローランド卿は彼女の方へ行って、きわめて厳粛な面持ちで話す。警部はソファの下手側へ行く。

ローランド卿　なあ、クラリサ、わたしの言う通りにしてくれるね？　警部にほんとうのことを話しなさい。

クラリサ　（疑わしそうに）ほんとうのこと？

ローランド卿　（力を入れて）ほんとうのことだ。

ローランド卿は一瞬クラリサを見つめ、それからホールへ退場する。巡査はドアを閉め、中央後方の自席に戻る。

警部　（ソファを指して）どうぞ、ヘイルシャム＝ブラウンさん。

クラリサは警部に微笑みかけるが、彼は恐ろし気な顔をしている。クラリサはゆっくりとソファの方へ行き、そこに坐って、一瞬、間を置いてから口を開く。

クラリサ　申しわけありません。いろいろ嘘をついてほんとに申しわけないと思っています。そんなつもりはなかったんですけれど……。（後悔して）あれがあったものですから、つい……。

警部　（冷たく）〝あれ〟じゃ分かりませんね。とにかく、事実を話していただけませんか。

クラリサ　ええ、話はほんとに簡単なんですの。（きちんきちんと項目を挙げていく）

オリバーが出ていって、ヘンリーが帰ってきて、またヘンリーを車まで送っていって、サンドウィッチを持ってここへ戻って……。

警部　サンドウィッチ？

クラリサ　はい。主人が外国のとても大事な方を、宅にお連れすることになっておりますので……。

警部　ほう、誰なんです、その外国の大事な人っていうのは？

クラリサ　ジョーンズさんとおっしゃる方なんです。

警部　（ジョーンズ巡査を見やりながら）それで……？

クラリサ　それで、主人たちは話をしているあいだにサンドウィッチを食べることになっていて、わたくしは勉強部屋でムースを食べることになっていたんですの。

警部　ムースを勉強部屋で……。ほう、なるほどね……。

クラリサ　そうして、サンドウィッチをあそこに置いて……（とストゥールを指し）お部屋を片付けはじめて、本を書棚へしまおうとしたら……ええ、そのときなんですの……そのとき、ほんとにあれにつまずきそうになって……。

警部　死体につまずきそうになったとおっしゃるんですね？

クラリサ　はい。ちょうど、このソファの後ろにありましたの。それで、ほんとに死んでいるのかなあって思ってよく見たら、やっぱりほんとに死んでいたんです。しかも、それがオリバー・カステローだったものですから、もうどうしたらいいか分からなくなって……。それで、考えあぐねたすえに、ローリーとヒューゴーとジェレミーに電話して、帰ってきてもらったわけなんです。

警部 （ソファの右の端にもたれながら、冷たく）警察に電話しようとはお思いにならなかったんですか？

クラリサ わたくしもそう思いましたの。でも、ふと……いえ、そのー……（微笑して）結局、しませんでしたけれど……。

警部 ええ、結局はしませんでしたね。（ソファの後ろへ行き、巡査を見、絶望的に両手を挙げ、それからソファの上手側へ行く）どうしてなんです？

クラリサ それは……主人のマイナスになるといけないと思ったからなんです。警部さんは外務省にどのくらいお知り合いがいらっしゃるか存じませんけれど、あそこの人たちってとっても控え目なんですの。すべてにわたって慎ましやかで、人目につかないようにするのが好きなんです。殺人なんて、やはり人目につきますでしょ？

警部 まあ、そうですね。

クラリサ （心から）分かってくださって嬉しいわ。（自分でも話が少しも進んでいないことに気づき、彼女の話はますます説得力が失くなってくる）つまり、あの人は完全に死んでいたんです、脈を取ってみたら。ですから、わたくしたちももう手のくだしようがなくって……。

警部は上手側へ一歩出る。

警部　要するに、オリバーはここで死んでいても、マーズデンの森で死んでいても同じだったわけで……。（彼女の方を急に振り向いて）マーズデンの森？　どうしてマーズデンの森がいきなり出てくるんです？

クラリサ　あそこへ死体を置いておこうと思ったんです。

警部は頭の後ろへ手を当て、上手後方へ行き、それからクラリサの上手側へ行く。

警部　（きっぱりと）ヘイルシャム＝ブラウンさん、あなたはお聞きになったことはないんですか、何か犯罪に関係のありそうな死体は、絶対に動かしてはいけないっていうことを？

クラリサ　もちろんそれは知っていますわ、推理小説にはみんなそう書いてありますもの。でも、これは現実のことですから……。

警部は絶望して両手を挙げる。

だって、小説と現実とはまるで違いますわ。

警部　お分かりになっているんですか、あなたのおっしゃっていることはとても重大なことなんですよ。

クラリサ　もちろん分かっておりますわ、それにわたくしはほんとうのことを申しあげているんです。ですから、とうとうクラブに電話して、みんなが来てくれたってわけですの。

警部　それでみんなを説き伏せて、死体をそこに隠したんですね？

クラリサ　いいえ。それはもっとあとなんです。わたくしの計画は、さっき申しあげたように、オリバーの死体をあの人の車ごと運んで、マーズデンの森に乗り棄てようっていうことだったんです。

警部　(信じられない様子で) それで、みんなも賛成したんですか？

クラリサ　みんな賛成しましたわ。(彼女は警部に微笑みかける)

警部　(上手前方へ行きながら、そっけなく) 率直に言いますがね、奥さん、わたしはそんなことは一言も信じませんよ。(向きを変え、クラリサの上手側へ行き) あの三人の立派な男性が、そんなつまらない理由で、こんなふうに法を破るのに賛成するとは、わたしにはどうしても信じられません。

クラリサ　(立ちあがって下手前方へ行きながら、なかばひとり言のように) 信じていただけないだろうと思っていました、ほんとうのことを言ったら。(警部の方を向いて) じゃ、どういうことは信じていらっしゃいますの？

警部　(ソファとストゥールのあいだを通ってクラリサの上手側へ行き、彼女をじっと見守りながら) あの三人がどうして嘘をつく気になったか、理由はたった一つだと思いますね。

クラリサ　まあ、とおっしゃると……？　(彼女はためらう)

警部　それはあの人たちが、あなたが彼を殺したっていうことを知っていたからです。

クラリサ　でも、わたくしにはオリバーを殺す理由はありませんわ。ほんとに何も理由がありません。（ストゥールの前を通ってブリッジ・テーブルの前に立ち）なるほどね、そういうふうに出ていらっしゃると思っていましたわ。だから……（彼女は言葉を切る）

警部　（彼女の方を向いて）だから……なんなんです？

クラリサは考える。しばらく時が過ぎる。やがて、彼女の態度は変わる。以後の彼女には説得力がある。

クラリサ　（残らず打ち明けるといったふうに）分かりました。残らず申しあげますわ。

警部　（ストゥールの上手側へ行きながら）その方が賢明だと思いますよ。

クラリサ　（警部の方を向いて）はい、〝ほんとうのこと〟を申しあげた方がよいと思いまして……。

警部　（微笑して）そう、警察にいくら嘘を並べたてても、ほんとになんの役にも立ちませんよ、奥さん。ほんとうのことを話してしまった方がいいんです。

クラリサ　（ため息をついて）はい、そうしますわ。（ブリッジ・テーブルの下手側の椅子に坐って）ああ、わたくし、自分ではとっても頭がいいと思っていたのに……。

警部　なまじお利口なことをしない方が、はるかに利口っていうものです。（ストゥールの左の端に、クラリサの方を向いて坐る）それでと、今夜ほんとに何があったんです？

クラリサ　はじめの方はさっきお話しした通りなんです。わたくしがさよならを言ったら、オリバーはピークさんと出ていきました。あの人がまた戻ってこようとは、夢にも思いませんでしたし、なぜ戻ってきたのかはいまだに分かりません。それから間もなく主人が帰ってきて、またすぐ出かけなければならないと言って、車で出ていったんです。わたくしは主人の車を見送って、お玄関を閉めて、鍵もきちっと掛けました。でも、そのとき急に不安になったんですの。

警部　不安に？　どうしてです？

クラリサ　（大いに感情をこめて自分の〝役〟を演ずる）わたくし、いつもはそんな気持ちになることはないんですけれど、〝今まで夜一人っきりになったことはないな〟って急に不安になって……。

警部　それで？

クラリサ　わたくし、自分に言って聞かせたんです。〝そんなのばかげているわ。ちゃんと電話があるじゃないの。いつだって助けを呼べるわ〟って。それに、〝泥棒はこんな宵の口には来やしない、来るのは真夜中に決まっている〃とも考えました。でも、どこかでドアがバタンと閉まったような気がしたり、わたくしの寝室で足音がしたような気がしたり……ずっと、そんな不安につきまとわれて……。そこで、これは何かしていないなきゃと思いまして。

警部　ほう？

クラリサ　それでお台所へ行ってサンドウィッチを作ったんです、ヘンリーとジョーンズさんが戻ってきたときに、ちょっとつまめるようにと思って。それをすっかりお皿に盛って、パサパサにならないようにナプキンを掛けて、ここへ持ってこようとホールを歩いたときです……（ドラマティックに）ほんとに物音がしましたの。

警部　どこで？

クラリサ　このお部屋です。今度こそ絶対に気のせいじゃないと思いました。引き出しを開けたり閉めたりする音がするんです。ここのフレンチ・ウィンドゥを閉めてなかったなって思い出して、そこから誰か入ったんだろうと思いました。

警部　それで……。

クラリサ　どうしたらいいか分かりませんでした。もう、びっくりしてしまって。でも、その時、ふと考えたんです。〃もし、誰かがわざとおどかしているんだったらどうしよう。それにヘンリーが何か忘れ物をして戻ってきたのかもしれないし、叔父様か誰かかもしれない。それだったら二階へ駆けあがって、警察なんかへ電話したらすごくばかみたいに見えるだろう〟って。そこで、いいことを思いついたんです。

警部　ほう？

クラリサ　お玄関の帽子掛けのところへ行って、一番重そうなステッキを持って、そこの書斎に入りましたの。明かりはつけないで、手探りでその裏のパネルまで行って、そっとそこを開けて、例の秘密の部屋へ入ったんです。そうして、このお部屋へ通ずるパネルを開けて、誰なのか見ようと思いました。（とパネルを指し）知らない人だったら、夢にも思いませんでしょ、そんなところにドアがあるなんて？

警部　ええ、これは分かりませんよ。

クラリサ　でも、掛け金を外したときに手がすべって、パネルが勢いよく開いて、椅子にぶつかってしまいましたの。男がその机のそばに立っていて、こっちをキッとなって見たんです。手に何かキラッと光るものを持っていましたわ。これはピストルだと思って、ほんとにぞっとしました。それで、今にも撃たれそうな気がしたんで、ステッキで力一杯その男を殴りつけたんです。そうしたら、男はその場に倒れて……。（彼女は力尽き、両手に顔を埋めてテーブルにもたれかかる）あのー……ブランデーをちょっといただけません？

警部　（立ちあがって中央後方へ行きながら）ええ、今。おい、ジョーンズ！

巡査は立ちあがってグラスにブランデーを注ぎ、それを警部に渡す。クラリサは一度顔を上げるが、ふたたび顔を覆い、手を伸ばして警部からグラスを受け取る。クラリサは一口飲んでむせてしまい、グラスを警部に返す。警部はグラスを巡査に渡す。

巡査はグラスを中央後方のテーブルに戻し自席に戻る。

（警部はクラリサの下手側に立ち）話を続けられますか、ヘイルシャム＝ブラウンさん？

クラリサ　はい、大丈夫です。ご親切にどうも。（彼女は警部の方を向く）それで、その男はそこに横たわったまま、動きませんでした。明かりをつけてみると、それがなんとオリバー・カステローだったんです。彼は死んでいました。わたくしはもうびっくりしてしまって……。ほんとに、ほんとにどうしても分からないんですの……（机の方を手で指し）あの人はあそこで何をしていたのか。机をいじり廻していたようなんですけれど……。まるで、何か悪い夢でも見ているようでしたわ。わたくし、すっかりおびえてしまって、ゴルフ・クラブへ電話したんです、叔父たちに来てもらおうと思って。みんなすぐ来てくれましたわ。そこで、みんなに頼んで、死体を片付けてもらおうと思ったんです、どこかに……。

警部　しかし、また、どうして……？

クラリサ　（顔をそむけて）それはわたくしが臆病《おくびょう》だったからですわ。情けない臆病者だったからなんですの。わたくし、これが世間に知れるのが恐かったんです、法廷に引き出されたりするのが恐かったんです。それに、主人に、主人の経歴にひどくきずがつくと思って……。（警部の方を向き）もし、あれがほんとに強盗だったら、たぶん、わたくしも落ち着いて処理ができたと思うんですけれど、とにかく、わたくしたちの知っている人でしたし、ヘンリーの前の奥さんと結婚した人だったものですから……ええ、それで、これはもうどうしようもないと思って……。

警部　あるいは、死んだ男がその少し前に、あなたをゆすろうとしたからかもしれませんね？

クラリサ　（完全に自信をもって）わたくしをゆする……？　いえ、そんなばかな！　それはほんとにばかげていますわ。わたくしには誰かにゆすられるようなことは何もございませんもの。

警部　執事のエルジンが耳にしています、〝ゆすり〟という言葉を。

クラリサ　そんなはずありませんわ。誰もそんなことは申しませんでしたもの。きっと、エルジンがでっち上げたんです。（間を置き、まばたきする）

警部　ヘイルシャム＝ブラウンさん、ほんとによく考えた上でおっしゃっているんですか、〝ゆすり〟という言葉はぜんぜん出なかったと？

クラリサ　（左の手でテーブルをドンと叩きながら）ええ、ほんとにそんなことは申しませんでした。誓っても……（彼女の手は一瞬宙に浮き、それから笑って）あっ、そうだ。ほんとにばかばかしいわ。申しましたわ、たしかに。

警部　憶えがあるんですね？

クラリサ　でも、べつにどうということはないんです。オリバーが家具付きの家はばかばかしいほど家賃が高いとかいうんで、〝わたくしたちは運がよかったから、この家だって一週間にたった四ポンドよ〟って言ったんです。そうしたらオリバーが、〝信じられないね、クラリサ。どういう手を使ったんだい？　家主をゆすったのか？〟っていうんです。それでわたくしが笑いながら、〝そうよ、ゆすりよ〟って申しましたの。（彼女は笑って）ただのばかばかしい冗談ですわ。ほんとに憶えてもいなかったくらいですから。

警部　しかし、わたしには信じられませんね。

クラリサ　信じられないって……何がでしょう？

警部　この家が家具付きで週に四ポンドとは……。

クラリサ　（立ちあがって）ほんとになんにも信じられない方なんですのね、警部さんは。わたくし、はじめてですわ、そういう方。今夜わたくしが申しあげたことは何一つ信じていらっしゃらないようですし……。ほかのことはあまり証明できませんけれど、これだけははっきり証明できますわ。ちゃんと証拠をお見せします。（と机へ行き、引き出しを開けて中の書類を捜す）

警部は中央後方へ行く。

これです。あっ、これじゃないわ。ああ、これだ！　ありましたわ。（彼女は引き出しから書類を取り出し、警部の下手側へ行ってそれを見せる）家具付きの借家契約です。財産管理に当たっている弁護士事務所の名前も書いてありますし、ほら、週四ポンドって……。

警部　（驚いて）ほう……驚いたな！　これは異常というほかありません。とっても常識じゃ考えられませんよ！　これだけの家をこんな家賃で……。
クラリサ　（魅惑的に）すまなかったとおっしゃいます、警部さん？
警部　（それに応じて）ええ、お詫びしますよ、奥さん。しかし、妙だなあ……。
クラリサ　何がでしょう？
警部　（中央前方へ行きながら）これはまったく偶然なんですがね……
　　　クラリサは机の引き出しに書類を戻す。
……あるご夫婦がここを下見にきたんですよ……
　　　クラリサはソファの上手側へ行く。
……ところが、その奥さんが高価なブローチを失くしてしまったんです。それで警察へ来て、細かい点をいろいろ話していったんですが、そのときたまたまこの家の話が出ましてね、なんだかばか高い家賃だったって言ってましたよ。そうそう、週十八ポンドって言われたとか……。こんな田舎で、どこへ行くにも何キロも離れた家が週十八ポンドなんて、およそばかげているって言ってました。わたしもまったく同感でしたよ。

クラリサ　ええ、それはほんとに妙な話ですわね。変だわ……。（微笑して）とにかく警部さんがなぜ疑っていらっしゃるのかは分かりましたわ。でも、これで少しは信用していただけるかもしれませんわね、わたくしが申しあげたことを。

警部　疑ってはいませんよ、〝最後の〟お話は。事実というものは聞いただけで分かるものです。それにあの三人の方が事実を隠そうと、こういう無謀な計画をたてたのには、それなりの重大な理由があったことも分かっています。

クラリサ　（警部の方へ一歩寄って）あんまりあの人たちを責めないでください。みんなわたくしが悪いんです。わたくしがあんまりしつこく言うものだからあの人たちも……

警部　（彼女の魅力を意識して）まあ、その点は疑いませんよ。しかし、どうにも分からないのは、誰が警察に電話したのかということです。

クラリサ　（はっとして）それが不思議ですわ！　わたくしもすっかり忘れていましたけれど……。

警部　奥さんじゃないことは明らかですし、あの三人の方たちでもないでしょうから……。
クラリサ　（ひとり言のように）エルジンか……ピークさんか……
警部　ピークさんじゃありませんね。彼女は死体があることも知らなかったんですから。
クラリサ　（考えこんで）でも……
警部　死体が見つかったときに、あんなに驚いて、まさに狂乱状態だったじゃありませんか。
クラリサ　でも、誰だってびっくりはしますわ。
　クラリサは自分の言ったことの意味に気づく。警部は、はじめは笑って受け流すが、ややあって彼女の言葉の意味に気づいて、ぎくりとする。クラリサは警部に微笑む。
警部　しかし、ピークさんはこの家に住んでいるわけじゃありませんからねえ。ちゃんと向こうに自分の家があるんですから……。
クラリサ　でも、ここに入ることはできますわ。あの人、全部の部屋の合鍵を持っていますし……。

警部　（上手へ一歩行って）電話したのはどうもエルジンのような気がするんですがね。

クラリサ　（警部の下手側へ行きながら）警部さんはわたくしを刑務所なんかへは入れませんわよね？　叔父もそんなことはないだろうって言っておりましたけれど……。

警部　（厳しく）まだ間に合ううちに供述を変えて、ほんとうのことをおっしゃったからよかったんですよ、奥さん。一つ忠告させていただければ、なるべく早く弁護士と連絡を取ることとですね。そのあいだにわたしは奥さんの供述書をタイプさせます。あとで読みあげますから、サインしてください。

ローランド卿がホールから入る。

ローランド卿　もうこれ以上引っこんではいられない。（ブリッジ・テーブルの上手後方へ行き）警部、もうすんだんでしょう？　もう分かったんでしょう？

クラリサ　（警部の前を通ってローランド卿の下手側へ行きながら）叔父様……。（ローランド卿の手を取り）わたくし全部お話ししたの。今、その——……（警部の方を振り向き）ジョーンズさんがタイプするんですって。そうしたらわたくし、サインしなきゃならないの。ほんとにもうみんなお話ししてしまったわ。

警部は巡査の方へ行く。

(強調する)強盗だと思って、頭を殴りつけたことも……。

ローランド卿は驚いてクラリサを見つめる。

(クラリサはローランド卿の口を手で覆い、発言を封じ)それがオリバーと分かって、ひどくあわてて、叔父様たちに電話したってこともお話ししたわ。それから、わたくしがしつこく頼んだんで、叔父様たちもとうとうあきらめて、助けてくれたんだって……。ああ今になって分かったわ、わたくしがとても間違っていたんだって……。

警部は中央へ行き、クラリサと並ぶ。

……でも、あのときは……（ローランド卿の口から手を離し）ほんとにびっくりしてしまって、オリバーの死体はマーズデンの森で見つかった方が、わたくしにも、ヘンリーにも、ミランダにも、みんなにも都合がいいと思ったの。

ローランド卿　（すっかり驚いて）クラリサ！　おまえはいったいどんな話をしたんだ？

警部　（満足げに）ヘイルシャム＝ブラウンさんは完全な供述をしてくれましたよ。

ローランド卿　（冷淡に）そのようですな。

クラリサ　そうするのが一番よかったの。そうするほかなかったのよ。警部さんに言われて分かったわ。

警部　その方が結局は、はるかに面倒が少ないですよ。さあ、ヘイルシャム＝ブラウンさん、そのパネルからお入りになったとき、男がどこに立っていたか、ちょっとやってみていただけませんか、死体があるあいだは奥まで入らないで結構ですから。

クラリサ　はい、分かりました……そのー……オリバーは……（警部の前を通って机の方へ行き）えーと……ここにこういうふうに立っていたんです。（彼女は机の後方に立つ）

警部は下手寄り中央後方へ行き、巡査に合図する。巡査は立ちあがって、パネルのスウィッチに手をかける。

警部　なるほど。よーし、ジョーンズ。それでドアが開いたと……。

巡査はスウィッチを操作し、パネルが開く。クラリサと警部は舞台前方へ少し動く。パネルの奥は空で、小さな紙切れが一枚落ちているだけである。

そうして、奥さんがそこから出て……（奥の方を見て）それから……（彼は最初はまったく気づかないが、やがてぎょっとして）あっ、ない！　死体はどうした？

巡査は奥へ入り、紙を拾う。警部は非難するようにクラリサとローランド卿を見つめる。

巡査　（紙を見て読む）〝ザマアミロ！〟

警部は巡査から紙をひったくる。それと同時に玄関のベルがけたたましく鳴り……

――幕――

第三幕

舞台配置図

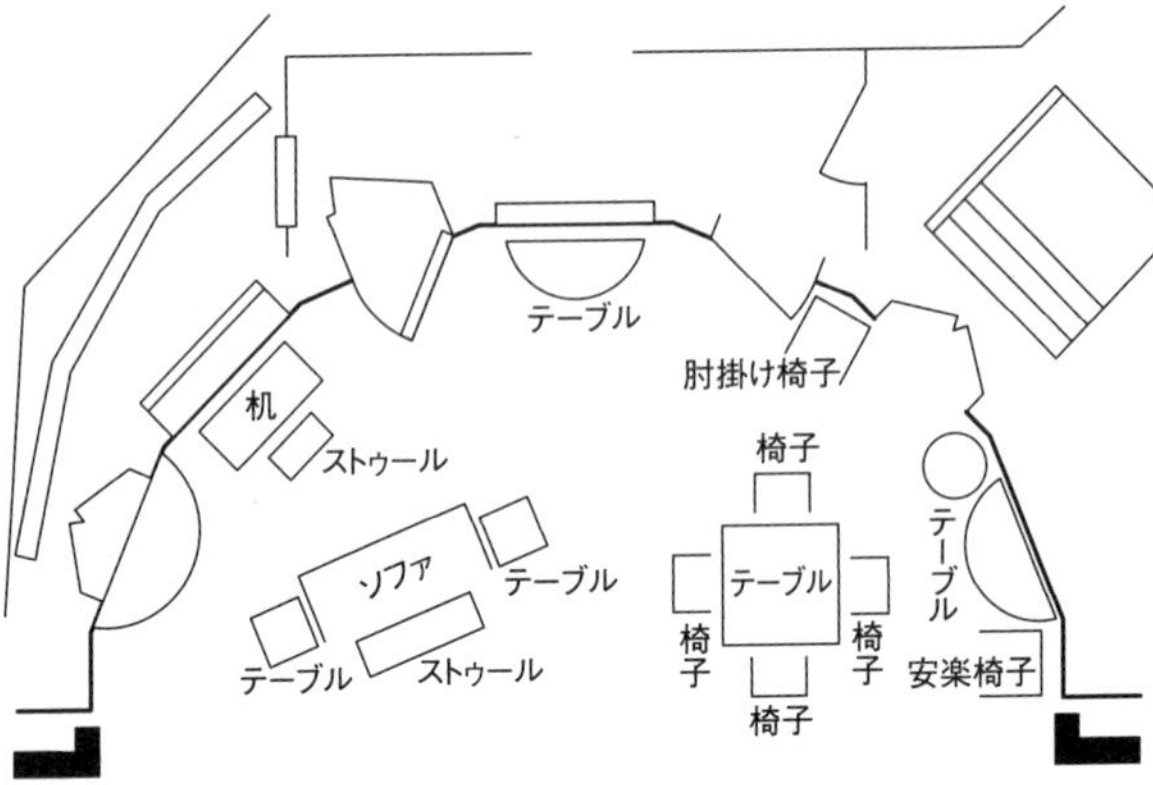
テーブル
肘掛け椅子
机
ストゥール
椅子
ソファ
テーブル
テーブル
テーブル
椅子
椅子
テーブル
ストゥール
椅子
安楽椅子
椅子

場面　前幕と同じ。その二、三分後。

幕が揚がるとパネルは閉まっている。ホールのドアは開いており、ローランド卿はドアのそばに立ってホールの方を見つめている。クラリサは彼の下手側に立っている。奥で声が聞こえる。

警部　（奥で）ほんとにすみません、先生。しかし、死体があったことは間違いないんです。

検死医　（奥で）どういうことなんです、警部、こんなところまで……まったく無駄足もいいところだ。

警部　（奥で）いや、ほんとなんですよ、さっきまでたしかにあったんです。

ヒューゴー　（奥で）きみたち警察官はいったい何をやっているんだ？　死体が消えてしまうなんて、そんなばかな話はないよ。

巡査　（奥で）警部の言う通りなんです、先生、さっきまで死体はあったんです。

ジェレミー　（奥で）どうして見張りを置いておかなかったんですかね。

検死医　（奥で）とにかく、もうこれ以上、時間を無駄にできませんからね。この件については署長にも報告しておきます。じゃ。

警部　（奥で）ほんとにすみませんでした、先生。じゃ、どうも……。

玄関のドアがバタンと閉まる。

どうなんです、エルジンさん？

エルジン　（奥で）わたくしは何も存じません。ええ、ほんとに何も……。

クラリサはくすくす笑い、ソファの方へ行って、その左側の肘掛けに腰を降ろす。ローランド卿はドアを閉める。外の声は聞こえなくなる。

ローランド卿　（中央へ行きながら）警察も悪いときに応援隊をよこしたものだ。とくに検死の医者なんか、ひどく腹を立てているようだったよ、死体がないんじゃ調べようもないからな。

クラリサ　（くすくす笑いながら）でも、誰が隠したのかしら？　ジェレミーがうまくやったのかもしれないわね？

ローランド卿　わたしにはまったく分からないよ、いったいどういうふうにやったんだろう？　誰も書斎へは戻れなかったし、書斎からホールへ出るドアは鍵が掛かっていたんだ。それにしてもピパが書いた〝ザマアミロ！〟っていう紙は傑作だったな。

クラリサは笑う。

しかし、あれで一つはっきりした。オリバーはあの秘密の引き出しを開けたんだよ。（態度を変え）クラリサ、どうして警部にほんとうのことを言わなかったんだ？

クラリサ　言ったわよ、ピパに関することは別だけれど……。（立ってソファの中央に坐り直して）警部は信用しなかったわ。

ローランド卿　どうしてあんなばかばかしいことを警部に話さなきゃならなかったんだい？

クラリサ　警部を信用させるには、ああいうふうに言うのが一番だと思ったのよ。（得意そうに）現に、あれでやっとわたくしを信用したんですもの。

ローランド卿　その代わりひどく厄介なことになったよ。殺人罪になるかもしれないんだ。

クラリサ　正当防衛よ。

ジェレミーとヒューゴーが、二重扉《ダブル・ドア》をそれぞれ一つずつ開け、ホールから入る。ローランド卿はソファの左端の後方へ行く。

ヒューゴー　（ブリッジ・テーブルの上手側へ行きながら、ぶつぶつと）あっちへ行け、こっちへ行けってさんざん人をこづき回しておいて、今度は自分たちが死体を失くしちまいやがって。なんて間抜けなんだ。

ジェレミーは両方のドアを閉め、ブリッジ・テーブルの前を通ってストゥールの方へ行き、またサンドウィッチをつまむ。

ジェレミー　やあ、まったく滑稽ですね。

クラリサ　とっても奇妙だわ。何から何まで奇妙なことばっかり。そもそもいったい誰が警察に電話して、ここで殺人があったただなんて言ったのかしら？

ジェレミー　（ソファの右側の肘掛けに腰を降ろして）エルジンですよ。

ヒューゴー　あのピークっていう女さ。

クラリサ　でも、なぜなの？　どうしてそんなことをしたのかしら？

ミス・ピークが、何か陰謀を企んでいるかのようにあたりを見回しながらホールから入る。

ミス・ピーク　ああ、邪魔者はいませんね？　（ドアを閉め、中央へ行き）お巡りはいないんですね？　やつらはそこらじゅうにうようよいるから……。

ローランド卿　家のなかや庭を捜しまわっていますよ。

ミス・ピーク　捜すって、何をです？
ローランド卿　死体ですよ。例の死体が失くなったんです。
ミス・ピーク　（笑いながら）そりゃ面白い！　〝消えた死体〟ってわけですね？
ヒューゴー　（ブリッジ・テーブルの上手側に坐って、誰に言うともなく）なんだか悪い夢でも見ているようだ。すべてがまったく悪夢のようだよ。
ミス・ピーク　まるで映画みたいですね、ブラウン＝ヘイルシャムさん？
ローランド卿　（丁重に）もうご気分はよろしいんですか、ピークさん？
ミス・ピーク　ええ、もうすっかりよくなりましたよ。いやあ、しかし、びっくりしました。そこを開けたとたんに死体が転がり落ちてきたんですからねえ、ほんとに胆《きも》をつぶしましたよ。しばらくは気が転倒して、何がなんだか分からなくなっちまいました。
クラリサ　そこに死体があるのを知っていたんじゃないの？
ミス・ピーク　（クラリサをじっと見つめながら）誰が？　あたしがですか？
クラリサ　ええ、ピークさんが。
ヒューゴー　（誰に言うともなく）まったく分からん。どうして死体を持ち去ったんだろう？　死体があることはみんなが知っているんだし、死体の身元も何もかもすべて、ここにいる全員が知っているんだ。いまさら、隠したってはじまらんのに……。

ミス・ピーク　（ブリッジ・テーブル越しにヒューゴーの方へ身を乗り出して）あたしならそうは言いませんね。とにかく、死体がなきゃ話にならないんです。死体がなきゃ逮捕も取り調べもできないし、殺人罪もへったくれもありませんよ。（中央へ行って）だから心配することはありませんよ、ブラウン＝ヘイルシャムさん。（と元気づける）

クラリサ　えっ？　と言うと……？

ミス・ピーク　ずっと耳だけは働かせておいたんです。向こうでただじっと寝てたわけじゃありませんよ。あたしはね、どうもあのエルジンって男が好きになれないんです、あのカミさんもそうですがね。エルジンのやつ、そこのドアで盗み聞きしたことを、お巡りにタレこんだんですよ、〝ゆすり〟がどうのこうのって話を。

クラリサ　じゃ、聞いたのね、エルジンの話を？

ミス・ピーク　あたしはいつも言ってるんですよ、女は女同士で助け合わなきゃいけないってね。（ヒューゴーを見て）男なんて！　（ふんと鼻を鳴らし）どうも男とは気が合わない。（ソファのクラリサの上手側に坐り）とにかく死体が見つからなきゃ、警察だって奥さんに手出しはできないんです。それにね、もしあのケダモノ野郎が奥さんをゆすったっていうんなら、頭を叩き割ってやるくらい当たり前ですよ、いい厄介払いができたってもんだ。

ローランド卿は中央前方へ行く。

クラリサ　（力なく）でも、ほんとうはわたくし……

ミス・ピーク　えぇえぇ、聞きましたよ、残らず警部に話しているのを。それに、もしあの盗み聞きの一件がなかったら、卑怯者のエルジンが余計なことさえ言わなかったら、奥さんの話で十分通用したんです。

クラリサ　あのー……わたくしのどの話？

ミス・ピーク　あの男を強盗と間違えたって話ですよ。〝ゆすり〟なんていう線が出てきたんで、話がすっかりややこしくなっちまったんですからね。そこであたしは考えたんです、打つ手は一つ、死体を隠して、警察に血眼《ちまなこ》で捜させることだってね。

ローランド卿はよろよろと中央前方へ行く。

（ミス・ピークは満足げにあたりを見回して）ほんとにうまくいきましたよ、自分で言うのもなんですがね。

ジェレミー　（立ちあがって、すっかり感心して）それじゃ……。

一同は皆じっとミス・ピークを見つめる。

ピークさんだったんですか？

ミス・ピーク　ここにいるのはみんな味方なんでしょうね？　（あたりを見回し）ええ、死体はあたしが片付けたんです。（自分のポケットを叩き）ドアにはもちろん鍵が掛かっていましたよ？　でも、あたしはこの家の部屋の鍵はみんな持っているんです。

クラリサ　でも、どうやって？　どこに……どこに隠したの？

ミス・ピーク　（前の方に屈み、陰謀めいたささやき声で）あたしが寝てた部屋のベッドです。四隅に柱のあるあの大きなベッドですよ。あれの頭の方に真横に置いたんです。それでその上に枕を載せて、そのままあたしは寝てたんですよ。

ローランド卿はびっくりして、ブリッジ・テーブルの後ろの椅子に坐る。

クラリサ　でも、あそこまでどうやって運んだの？　一人じゃとっても無理だわ。

ミス・ピーク　（元気よく）驚くのも無理ありませんがね、火事のときにはばか力が出るってよく言うでしょ？　まあ、あれですよ。こうやって肩に担いでいったんです。

（とやってみせる）

ローランド卿　階段の途中で誰かに会ったらどうするんです？

ミス・ピーク　（立ってローランド卿の下手側へ行きながら）ええ、でもまあ会いませんでしたよ。警察の連中はここで奥さんと話をしてましたし、あなた方三人は食堂に行ってましたからね。そこでこの時とばかり、死体を担ぎあげて、ホールへ出て、書斎にまた鍵を掛けて、階段を昇ってあの部屋へ運びこんだってわけです。

ローランド卿　ほう、なるほどね！

クラリサ　（立ちあがって）でも、いつまでも枕の下に置いておくわけにはいかないわ。

ミス・ピーク　（クラリサの方を向いて）そりゃもちろん。でも、丸一日ぐらいは大丈夫です。その頃には警察は家のなかと庭を捜し終わって……（中央へ行き）もっと遠くの方を捜しにいきますよ。じつは今考えてたんですがね、今朝、深い大きな堀割を作ったんです、スウィート・ピーを植えようと思ってね。だからあそこへ死体を埋めちまって、その上にスウィート・ピーを二列ずっと植えちまいましょうよ。

クラリサは面くらってソファに坐りこむ。

ローランド卿　しかし、ピークさん、今は民間の個人が墓掘りをしてはいけないことになっているんですよ。

ミス・ピーク　（元気よく笑って）だから男は困るんです！　（ローランド卿に向かって指を振り）ほんとに融通が利かないんだから。女にはもっと分別があります。（ソファの背に屈みこんで）女なら殺人だって手軽にやってのけられますよ。ねえ、ヘイルシャム＝ブラウンさん？

ヒューゴー　クラリサが殺したわけじゃないんです。あんな話を信じちゃ困りますよ。

ミス・ピーク　（快活に）奥さんじゃないとすると……誰がやったんです？

ピパがホールから入る。あくびをしながら、まるで酔ったような、いかにも眠そうな様子で歩く。彼女はチョコレート・ムースの入ったガラスの皿を持っている。皿にはスプーンも付いている。皆振り返ってピパを見つめる。

クラリサ　（立ちあがって、びっくりした様子で）ピパ！　ベッドから脱け出して何をやっているの？

ピパ　（中央へ行き、あくびをしながら）降りてきたの。

ローランド卿は立ってピパの上手側へ行く。クラリサはピパの下手側へ行って、彼女をソファの方へ連れていく。

（ピパはあくびをして）お腹がすいて死にそうだったんだもん。（クラリサに、非難がましく）言ったじゃない、これを持ってきてくれるって。

クラリサはピパからムースを取り、それをストゥールに置く。それからピパをソファの中央に坐らせ、自分もピパの下手側に坐る。

クラリサ　眠っていると思ったからよ。

ピパ　（大きなあくびをして）眠ってたわよ。そうしたらお巡りさんが入ってきて、あたしを見ている夢を見たの。恐い夢だったわ。それで半分、目が覚めちゃったのよ。そうしたら、すごくお腹がすいてるのに気がついて、これは階下《した》へ降りなきゃと思って……（身震いして）それに、あれはほんとだったかもしれないと思ったから……。

ローランド卿　（ソファの方へ行き、ピパの上手側に坐って）ほんとうだったかもしれないって……何がだい？

ピパ　あの恐い夢よ、オリバーの……。（ふたたび彼女は身震いする）

ローランド卿　オリバーの恐い夢って、どういう夢だったんだ、ピパ？

ピパはガウンのポケットから、人の形に作った小さなロウを取り出す。

ピパ　これ、今日の夕方作ったの。ロウソクを一本溶《と》かして、それからピンを真っ赤に焼いて、これに突き刺したのよ。（とロウ人形をローランド卿に渡す）

ジェレミー　へえー！（立って、部屋を歩き回ってピパの本を捜す）

ミス・ピークはソファの右端の後方へ行く。

ピパ　本に書いてあるようにちゃんと呪文を言ったし、やることもちゃんとやったんだけど、本の通りにはいかなかったの。

ジェレミーは中央後方の書棚を捜し、本を見つける。

クラリサ　本って……なんの本なの？　わたくしには分からないわ。

ジェレミー　これですよ。（とミス・ピークの上手側へ行って、ソファの背越しにクラリサにそれを渡す）露店の古本屋で買ったんだそうです。何か秘伝書みたいなものだって言ってましたよ。

ピパ　（突然笑い出して）〝動物の油の方がやっぱりだいぶ落ちる。でも、まさかそれを食べるんじゃないだろうな？〟うん、ジェレミーはあのときそう言ったわ。

クラリサ　（本を見ながら）〝よく効く呪文百選……いずれも実証ずみ〟。（本を開き）〝イボの取り方〟、〝願いごとをかなえるには〟、〝敵を殺すには〟……。まあ、ピパ……。

ピパはクラリサをじっと見る。

……あなたがやったと言うのは、これのこと？

ピパ　うん。

クラリサはジェレミーに本を渡す。

（ピパはロウ人形を見つめて）あんまりオリバーには似てないわよね。頭の刈りあげ方がうまくいかなかったの。でも、これだってできるだけオリバーに似るように作ったのよ。それで……それから、あたし夢を見たの、なんだか……（顔にかかった髪を後ろへかき上げ）ここへ降りてきてみたら、オリバーがそこにいて……。（ソファの後ろを指し）やっぱり、あれ、ほんとだったんだわ。

ローランド卿は人形をストゥールに置く。

オリバーはそこで死んでたの。あたしが殺したのよ。（ピパは一同を見回す）ねえ、ほんとなんでしょ？　（ピパはぶるぶる震え出す）ほんとにあたしが殺したの？

クラリサ　（片方の腕でピパを抱き）いいえ、違うわ、そんなことないわよ。

ピパ　でもオリバーはたしかにそこにいたわ。

ローランド卿　分かったよ、ピパ。でも、ピパが殺したわけじゃないんだ。ロウ人形に針を刺したときに殺したのは、オリバーそのものじゃなくて、あいつが憎い、あいつが恐いと思うピパの気持ちさ。そういう気持ちは殺してしまったから、もうオリバーなんか恐くないし、憎らしいとも思わないだろう？　そうじゃないかい？

ピパ　（顔を上げ、ローランド卿の方を向いて）ええ、そういえばそうだわ。でも、あたし、オリバーを見たの。（ソファの後ろの方をちらりと見やって）ここへ降りてきたとき、オリバーがそこに倒れてたの、死んでたのよ。（ピパは頭をローランド卿の胸にもたせ掛ける）ほんとにあたし、オリバーを見たの。

ローランド卿　ああ、それはたしかに見たんだろう。しかし、殺したのはピパじゃないんだ。いいかい、ピパ、よく聞くんだよ。オリバーは誰かに重い棒のようなもので殴られたんだ。ピパじゃないんだろう？　ピパが殴ったんじゃないんだろう？

ピパ　（顔を上げて）うん、あたしじゃない。

ローランド卿はクラリサを見つめる。

棒で殴るなんて、そんな……。（クラリサの方を向いて）棒って、ジェレミーが持ってたゴルフのあれみたいなの？

ローランド卿がかすかな反応を示す。

ジェレミー　いや、ゴルフのクラブじゃないんだよ。ピパ。玄関の飾り棚にあったあの重い棒さ。

ピパ　ほんとはセロンさんのもので、ピークさんが〝アフリカ人の棒〟って言ってるやつ？

ジェレミーはうなずく。

あたしはそんなことしない、そんなことできないわ。ほんとよ、叔父様、あたし、ほんとにオリバーを殺したいと思ったわけじゃないの。
クラリサ　（落ち着いた、良識のある言い方で）ええ、分かっているわ。

ジェレミーはブリッジ・テーブルの下手側に坐る。

さあ、もういいからチョコレート・ムースを召しあがれ。それでみんな忘れてしまいなさい。（と皿を取ってピパに差し出す）

ピパは断わる。クラリサは皿をストゥールに置く。

ミス・ピーク　なんだかさっぱりわけが分からない。（ジェレミーの下手側へ行き）なんです、その本は？

ローランド卿とクラリサは、頭を右側にしてピパをソファに寝かせる。クラリサはソファの右側の後ろに立ち、ピパの手を取る。ローランド卿はソファの右側の前に立ち、ピパの髪をなでる。

ジェレミー　〝隣りの牛を伝染病にかからせるには……〟。興味ありませんか、ピークさん？　ちょっと変えれば、隣りのバラに黒い斑点をつけられるかもしれませんよ。
ミス・ピーク　いったいなんの話です？
ジェレミー　〝ブラック・マジック〟　つまり人に呪いをかけたりするときの呪文を集めたものですよ。
ミス・ピーク　（ブリッジ・テーブルの後ろへ行きながら）　あたしは迷信深くないんでね、あいにく。
ヒューゴー　わたしはすっかり頭が混乱してしまった。
ミス・ピーク　（ヒューゴーの肩を叩いて）　あたしもですよ。ちょっと息抜きに向こうへ行って、お巡りたちが何をやってるかのぞいてきましょう。
ミス・ピークは笑いながらホールへ退場する。
ローランド卿　さて、となるとどういうことになるんだ？
クラリサ　（ジェレミーの下手側へ行きながら）　わたくし、なんてばかだったんでしょう。はじめっから分かりそうなものだわ、ピパのはずがないっていうことくらい……。この本のことをぜんぜん知らなかったの。だからピパが殺したって言うのをすっかり真に受けてしまって……。

ヒューゴー　(立ちあがって)じゃ、ピパがやったと思っていたのか?　(彼は上手前へ行く)

クラリサ　(中央後方へ行き、観客に背を向けて立ち)ええ、そうなの。

ヒューゴー　なるほどね。それでいくらか分かってきたよ。やれやれ!

ジェレミー　じゃ、そのことを警察に言った方がいいですよ。

ローランド卿　それはどうかな……。クラリサがもう三通りの話をしてしまっているから……。

ヒューゴーはブリッジ・テーブルの上手側へ行く。

クラリサ　(振り返って)いえ、ちょっと待って。今ちょっと気が付いたことがあるの。(ブリッジ・テーブルの後ろへ行って)ねえ、ヒューゴー、セロンさんのお店の名前はなんていったっけ?

ヒューゴー　ああ、あれは骨董屋だったよ。
クラリサ　（いらいらして）それは知っているわよ。でも、なんていってた？
ヒューゴー　どういう意味だ、〝なんていってた〟って？
クラリサ　分からない人ね。さっき言ったじゃない？　それをもう一度言ってもらいたいのよ。ただ、わたくしからこう言ってくれとは言いたくないの。

ヒューゴー、ジェレミー、ローランド卿は互いに顔を見合わせる。

ヒューゴー　この人、何を言っているか分かるかい、ローリー？
ローランド卿　いや、まったく分からない。もう一度言ってごらん、クラリサ。（彼はストゥールとソファのあいだへ行く）

ピパは眠っている。

クラリサ　すごく簡単なことよ。その骨董屋さんはなんていう名前だったの？
ヒューゴー　名前なんかありゃしなかったよ。骨董屋に〝フランソワ〟なんて名前がついているわけないだろう？

クラリサ　ああ、ほんとにいらいらする人ね。ドアに何か書いてあったでしょう？

ヒューゴー　ドアに？　いや、何も。どうしてドアなんかに書くんだ？　ドアには〝セロン＆ブラウン〟って書いてあっただけさ。

クラリサ　それよ。ああ、やっと出てきたわ。さっきたしかそう言ったと思ったんだけれど、自信がなかったの。そうよ、〝セロン＆ブラウン〟っていうお店だったんだわ。わたくしの名前はヘイルシャム＝ブラウン……（ローランド卿の上手側へ行って）わたくしたちはこの家をほとんどただみたいな家賃で借りたんだけれど、わたくしたちの前にこの家を見にきた人は、ものすごく高いことを言われて、あきれて帰ってしまったんですって。となると、分かるでしょ？

ヒューゴー　（ブリッジ・テーブルの上手側へ行きながら）いや。

ジェレミー　（立ちあがって、椅子をテーブルの下に突っこみながら）まだ、分かりません。

ローランド卿　おぼろげに分かるような気がする。

クラリサ　ロンドンに住んでいるセロンさんの共同経営者っていうのは女性なのよ。今日誰かが電話してきて、〝ブラウンさんの奥さんはいますか〟って言ったの。ヘイルシャム＝ブラウンじゃなくって、ただ、ブラウンって言ったわ。
ローランド卿　何が言いたいのかは分かるよ。
ヒューゴー　わたしは分からない。
クラリサ　（ヒューゴーを見つめながら）国家警察と警察国家、女の政治家と政治家の女、精神病の医者と医者の精神病……これはみんな違うのよ。
ヒューゴー　（クラリサの方へ一歩寄って）気が違ったんじゃないんだろうね、クラリサ？
クラリサ　誰かがオリバーを殺した……叔父様たち三人じゃない……わたくしでもヘンリーでもない……（ローランド卿の方を向いて）ピパでもない……ああ、じゃ誰なんだろう？
ローランド卿　だからわたしも警察に言ったんだよ、これは外部の者の仕業《しわざ》だって。きっと誰かがオリバーを尾《つ》けていたんだ。
クラリサ　そうかしら？　とにかく、さっき叔父様たちをゴルフ場まで送って帰ってきて、そこのフレンチ・ウィンドゥから入ったら、オリバーがその机のそばに立っていたの。わたくしを見てひどく驚いていたわ。それで、〝こんなところで何してるんだ、クラリサ？〟っていうの。念の入ったいやがらせをしているのかと思ったわ、そのときは。でも、そう見えただけだとしたらどうかしら？　ほんとにわたくしを見てびっくりしていたのよ。ここを誰かほかの人の家だと思っていたんだわ。きっとあの人、セロンさんの共同経営者だったブラウンさんに会えると思ってきたのよ。

ローランド卿　オリバーは知らなかったのかな、おまえとヘンリーがここを借りたっていうのを？　ミランダは知っていそうなものだが……？

クラリサ　ミランダは何か連絡があるときは、必ず弁護士を通してくるの。とにかく間違いないわ、オリバーはわたくしに会おうとは夢にも思わなかったのよ。そうよ、それであわてて取りつくろおうとして、ピパのことで話があってきただなんていう言いわけを考えたんだわ。それに、一度帰るような振りをして、また戻ってきたのは……

ミス・ピークがホールから入り、ブリッジ・テーブルの後ろに立つ。ヒューゴーは安楽椅子《イージー・チェアー》に坐る。ローランド卿はソファの下手側のテーブルの後ろへ行く。ジェレミーはソファの左側の端の後方に立つ。

ミス・ピーク　まだ捜しまわってますよ。ベッドの下もみんな調べたんじゃないんです

か。今度はきっと庭へ行くでしょう。（彼女は笑う）

クラリサ　（中央後方へ行き、ミス・ピークと並び）ねえ、ピークさん、オリバーが帰りしなに言ったことを覚えてない？　ねえ、どう？

ミス・ピーク　さあ、なんでしょう？

クラリサ　あの人、〝ブラウンさんの奥様に用があったんだ〟って言ったんじゃなかった？

ミス・ピーク　ええ、そういえばそうです。ええ、思い出しましたよ。でも、どうしてです？

クラリサ　ねえ、やっぱりわたくしに会いにきたんじゃなかったのよ。

ミス・ピーク　でも、奥さんに会いにきたんじゃないとすると、いったい誰に会いにきたんでしょうね？（と笑う）

クラリサ　（強調する）あなたよ。あなたがブラウンさんなんでしょ？

ミス・ピークははっとして、一瞬どう応じたらよいか分からない。彼女がふたたび口を開くときにはすっかり態度が変わっている。話し方も落ち着いて、陽気な、元気なトーンは消えている。

ミス・ピーク　ご慧眼《けいがん》、恐れいりました。はい、わたくしがブラウンです。

クラリサ　じゃ、あなたがセロンさんの共同経営者でしたのね？　この家も今はあなたのもの、商売と一緒に相続なさったんでしょ？　それで、ブラウンっていう名前の借り手を捜そうとなさった。それか意外に手間取った。そこで、結局、ヘイルシャム＝ブラウンで妥協した。わたくしにどうもよく分からないのは、どうしてわたくしを前面に立てて、ご自分はこっそり蔭で見張っていらしたかっていうことなんです。その辺りのいきさつが分からなくて……。

ミス・ピーク　チャールズ・セロンは殺されたんです。とても高価なものを手に入れたばかりでした。どうやって手に入れたのか、わたくしは知りませんし、それがなんなのかも知りません。あの人は必ずしもいつも……（ためらって）良心的だったわけではありませんでしたから。

ローランド卿　（ソファの方へ一歩寄って）わたしたちもそう聞いている。

ミス・ピーク　それがなんであろうと、とにかくそのためにあの人は殺されたんです。それに、誰が殺したにしても、犯人はまだそれを見つけてはいません。店にはなかったところをみると、それは、たぶんここにあるんです。犯人は遅かれ早かれここにやって来ると思いました。わたくしはそれを見張っていたかったんです。それで、替え玉のブラウンが欲しかったんですよ。

ジェレミーはパネルの方へ退る。

ローランド卿　（反感をもって）あなたは気にならなかったんですか、まったくなんの罪もないヘイルシャム＝ブラウンさんをそんな危険にさらして？

ミス・ピーク　だからこそ、いつも奥さんから目を離さないようにしていたじゃありませんか、みなさんがときどきうるさいとお思いになるくらい。このあいだ男がやって来て、あの机に法外な値をつけたときには、〝ああ、やっぱり間違っていなかった〟と思いました。でも、ほんとにあの机にはこれといったものは何も入っていなかったんですよ。

ローランド卿　隠し引き出しも調べたんですか？

ミス・ピーク　（クラリサの方へ一歩寄って）そんな引き出しがあるんですか？

クラリサ　（ピークの行く手をさえぎって）今は何も入っていません。ピパが引き出しを見つけたんですけれど、ビクトリア女王や何かの自筆のサインが入っていただけでした。

ローランド卿　クラリサ、あのサインをもう一度ちょっと見たいんだがね。

クラリサはローランド卿の上手側へ行き、ソファの背からのぞきこむ。

クラリサ　ピパ、あれをどこへやった……？　あら、眠っているわ。

ミス・ピーク　（ソファの上手側へ行きながら）よく眠っていること。あんなに興奮したから……。わたくしが二階へ連れていって、ベッドに寝かせてきましょう。

ローランド卿　（ソファの背からピパに触れ）いや、いいですよ。

ミス・ピーク　この子なら軽いから……。死んだカステローさんの四分の一もありませんよ。

ローランド卿　でも、ここの方が安全だと思います。

クラリサ　安全？　（彼女はさっとミス・ピークの方を見る）

ほかの者たちもみなミス・ピークを見つめる。

ミス・ピーク　（一歩後ろへ退り、あたりを見回して）安全？
ローランド卿　ええ、ここの方が安全です。この子はさっきとても意味深長なことを言いましたからね。
　一同は皆ローランド卿を見守る。間がある。
ヒューゴー　（立ちあがってブリッジ・テーブルの上手側へ行きながら）なんて言ったんだ？
　彼はそのテーブルの上手側に坐る。
ローランド卿　よく思い出してみれば、みんなにも分かるはずだ。
　ほかの者たちは互いに顔を見合わせる。ローランド卿は『紳士録』を手に取る。

ヒューゴー　（首を振って）わたしには分からん。
ジェレミー　ピパが何を言ったんです？
クラリサ　（顔をしかめて）まるで分からないわ。〝お巡りさん……〟？　〝夢をみた……〟？　〝ここへ降りてきた……〟？　〝半分、目が覚めた……〟？
ヒューゴー　そう気をもたせるなよ、ローリー。なんなんだ？
ローランド卿　（『紳士録』から顔を上げ、うわの空で）えっ？　ああ、そうか。あのサインはどこだ？
ヒューゴー　ピパがあそこの貝殻のついた箱にしまっていたようだったがな。
ジェレミー　（中央後方の書棚の方へ行きながら）ここですか？

ミス・ピークはソファの左端の方へ行く。ジェレミーは箱を開け、封筒を取り出す。彼はそれを見てはっと息をのみ、一瞬立ちつくす。ローランド卿は『紳士録』を閉じる。

ああ、ありましたよ。（ジェレミーは〝サイン〟を封筒から取り出してローランド卿に渡すと同時に、封筒をそっとポケットに入れる。それから彼は中央後方へ退

る）

ローランド卿　（片眼鏡で〝サイン〟を調べながら）ビクトリア女王か……立派な女王だった。

ミス・ピークはブリッジ・テーブルの下手側へ行く。クラリサもその後に続き、彼女とローランド卿のあいだに立つ。ジェレミーはクラリサの後ろへ行く。

クラリサ　くすんだ茶色のインクだ。ジョン・ラスキン……ああ、これは本物だな。ロバート・ブラウニングか……紙がちょっと新しすぎるな……。

ローランド卿　（興奮して）叔父様！　どうして分かるの？

クラリサ　見えないインクとかそういった類のものを勉強したことがあるんだよ、戦争中に。何か秘密のメモでも残したいときに、その見えないインクで紙に書いて、その上にこういうサインを偽造するんだ。それを普通のインクで書いた本物のサインと混ぜてしまえば、誰も気がつかないだろうし、恐らくは、わたしたちのようにもう一度見てみようなんていう気にもならないだろう。

ミス・ピーク　でも、チャールズ・セロンはいったいどんなことを書いたんでしょうね、一万四千ポンドの値打ちのあることとって？

ローランド卿　いや、ほんとに書いたかどうかは分かりません。ただ、大事をとってそうしたのかもしれないと思っただけなんです。

ミス・ピーク　大事をとる……？

ローランド卿　オリバーには麻薬を扱っていた疑いがあります。それに警部の話だと、セロンさんも麻薬捜査班の尋問を一、二度受けたことがあるんだそうです。そこにつながりがあると思いませんか？　もちろん、わたしの勝手な想像にすぎないのかもしれませんが。（彼はじっと紙を見つめる）まあ、セロンさんもそう手の込んだことはしていないと思うんです。たぶん、レモン・ジュースか、塩化バリウムの溶液でしょう。それならちょっと温めれば文字が出てくるはずです。あとでヨード液の蒸気を当ててみようか？　いや、ちょっとあぶるだけですむな。（立ちあがって）じゃ、今やってみましょうか？

クラリサ　書斎にヒーターがあるわ。

ヒューゴーは立ちあがってテーブルの下に椅子を押しこむ。

ジェレミー、持ってきてくれる?

ジェレミーは書斎へ入る。

ここにもコンセントがあるから。

ミス・ピーク　(パネルの前へ行きながら) そんなことばかげていますよ。まったく話にもなりません。

クラリサ　わたくしは面白いと思いますわ。

ジェレミーが小さな電気ヒーターを持って書斎から戻る。

あった?

ジェレミー　ええ、コンセントはどこです?

クラリサ　(ジェレミーからヒーターを取り、中央後方を指して) その下。

ジェレミーは書斎のドアの下手側の下にあるコンセントにコードを差しこむ。クラリサはヒーターを中央後方の床に置く。ローランド卿はロバート・ブラウニングのサインを取り、ヒーターの上手側に立つ。クラリサは彼の前に立つ。ジェレミーはヒーターの後ろにひざまずき、ミス・ピークはヒーターの下手側に立つ。

ローランド卿　あまり期待しない方がいいですよ、ただの思いつきなんですから……。

ヒューゴーはブリッジ・テーブルの後方の椅子を中へ押しこむ。

……しかし、何かわけがあったはずですよ。セロンさんがこの紙をああいう人目につかないところに隠しておいたのには。

ヒューゴー　（クラリサの上手側へ行きながら）思い出すなあ、子供の頃よくレモン・ジュースであぶり出しを作ったものだ。

ジェレミー　どれからやります？

クラリサ　ビクトリア女王。

ジェレミー　ぼくならラスキンだな。
ローランド卿　わたしはロバート・ブラウニングのが一番臭いと思うね。なんなら十ポンド賭けてもいい。
　彼はヒーターに屈みこんで、ヒーターの前に紙をかざす。
ヒューゴー　ロバート・ブラウニングか……。分かりにくい詩人だ。あいつの詩は一言も分からんよ。ああ、「ピパが通る」っていうのがあったなあ。女の子の歌を聞いて犯人が改心するっていうやつ？　分かるのはあれぐらいだ。
ローランド卿　〝犯人が改心する……〟か。まあ、そうなりゃいいが……。
　一同はかたずをのんでローランド卿の手許を見つめる。
クラリサ　なんにも出てこなかったら、叔父様引っかいちゃうから！
ローランド卿　いや、たぶん……ほら。
ジェレミー　あっ、出てきた！

クラリサ　ほんと！　見せて！
ヒューゴー　（クラリサとジェレミーのあいだに割って入って）ちょっと見せてくれ、ジェレミー君。
ローランド卿　落ち着けよ。ゆすぶらないでくれ……ああ……文字が書いてある。（背を伸ばして）やったよ。
ミス・ピーク　やったって……何をやったんです？

ローランド卿は中央前方へ行く。皆、彼に続く。ジェレミーはローランド卿の下手側へ行き、ミス・ピークはジェレミーの下手側へ行く。クラリサとヒューゴーはローランド卿の上手側へ行く。

ローランド卿　六人の人間の名前と住所だ。恐らく麻薬の売人のリストだろう。オリバー・カステローの名前も入っている。

一同、叫び声をあげる。

クラリサ　オリバーが！　それでここへ戻ってきたんだわ！　だから誰かがオリバーを尾《つ》けていたのにちがいないし、それだから……ねえ、叔父様、警察に言わなきゃいけないわ。ねえ、行きましょ、ヒューゴー。

クラリサはホールのドアの方へ走り、ヒューゴーが続く。ローランド卿はほかの〝サイン〟を集める。

ジェレミーはヒーターのコードを抜き、ヒーターを持って書斎に入る。ミス・ピークはホールのドアの方へ行きかけ、ピパの方を振り返る。

ヒューゴー　（出ていきながら）こんな妙な話は聞いたことがない！

クラリサとヒューゴーはホールへ退場する。

ローランド卿　（ホールのドアのところでためらい）いらっしゃらないんですか、ピークさん？

ミス・ピーク　わたくしは行かない方がよろしいんじゃないんですか？

ローランド卿　いや、やはりいらしていただきたいですね。あなたはセロンさんの共同経営者だったんですから。

ミス・ピーク　わたくしは麻薬にはなんのかかわり合いもありません。わたくしはただ骨董の方を経営していただけで……（ホールのドアの方へ行き）それも、ロンドンで売り買いしていただけですから……。

ローランド卿　なるほど。

ローランド卿はホールへ退場する。ミス・ピークは一瞬ピパの方を振り返り、それから壁のブラケットを消して、ホールへ退場する。

ジェレミーが書斎から戻る。彼は中央前方へ行き、ちらりとピパを見、それから上手前の安楽椅子《イージー・チェアー》へ行き、そこのクッションを取ってゆっくりとソファの後ろへ行く。ピパは眠ったままちょっと動く。ジェレミーは一瞬ぎょっとして立ちすくむ。それから彼はピパの頭のところまで行き、クッションをゆっくりと彼女の顔の上へ降ろしていく。

クラリサが戻る。

クラリサ　あら、ジェレミー、そこにいたの。（彼女はホールのドアを閉める）

ジェレミーはドアの音を聞き、クッションを注意深くピパの足許に置く。

ジェレミー　さっきローランド卿が言ってたのを思い出したんですよ、それでピパを一人にしておいてはいけないと思って……。それにちょっと足が寒そうだから、クッションをのせておいてやったんです。

クラリサ（ストゥールの方へ行きながら）大騒ぎしたものだからすごくお腹がすいちゃった。（サンドウィッチの皿を見て、がっかりして）まあ、ジェレミー、みんな食べちゃったのね。

ジェレミー　すみません、ぼくも腹が減ってたものだから。

クラリサ（ソファの左側の端の後方へ行きながら）あら、どうして？　あなたはちゃんとお夕食食べたんじゃないの。わたくしはまだなのよ。

ジェレミー（ソファの右側の端の背に腰を降ろして）ぼくも食べてなかったんです。アプローチ・ショットの練習をしてたものですから。それで食堂へ入ったら、あなたから電話があったって言われて……。

クラリサ　（無頓着に）ああ、そう。（彼女はクッションを軽く叩こうとソファの背に屈みこむ。不意に彼女は大きく目を見開く。ひどく動揺した声で）そうか……あなたね……。
ジェレミー　どういう意味です？
クラリサ　（ほとんどひとり言のように）あなたよ！
ジェレミー　どういう意味なんです、〝あなたよ！〟って？
クラリサ　あのクッションで何をしようとしていたの、わたくしが入ってきたとき？
ジェレミー　ピパの足にのせてやろうと思ったんですよ、冷たそうだったから。
クラリサ　そう？　ほんとにそうだった？　それとも、クッションでピパの口をふさごうとしたのかしら？
ジェレミー　クラリサさん！
クラリサ　オリバーを殺したのは、時間的にいってわたくしたちではあり得ないって言ったけれど、一人だけそれが可能だったのよ。それはあなただわ。あなたは一人でゴルフ・コースへ出ていたんですもの。それでここの家へ戻って、前もって開けておいた書斎の窓から入ったんだわ、ゴルフのクラブを手に持ったまま。ピパが見たのはそれよ。〝ジェレミーが持っていたゴルフのあれみたいなの〟ってあの子が言ったのは、そのことだったのよ。あの子はそのとき、あなたを見たんだわ。
ジェレミー　そんなばかなこと！
クラリサ　いいえ、ばかなことなんかじゃないわ。それであなたはオリバーを殺して、クラブへ戻って、警察へ電話したのよ。警察がやってきて、死体を見つけて、わたくしかヘンリーを疑うように仕組んだんだわ。
ジェレミー　（立ちあがってソファの下手前へ行きながら）まったくくだらない話だ！
クラリサ　でも、事実だわ。わたくしには分かっているの、それが事実だって。（ソファの上手前へ行って）でも、なぜなの？　それが分からないのよ。どういうわけなの？

ジェレミーはポケットから封筒を取り出し、ソファとストゥールのあいだを通ってクラリサの方へ行く。彼は封筒を差し出すが、クラリサの手には渡さない。

ジェレミー　これですよ。
クラリサ　サインが入っていた封筒じゃないの。

ジェレミー　ここに貼ってある切手なんですがね、これは印刷ミスの切手として有名なんです。これだけ違った色で印刷されてしまったんですよ。去年スウェーデンで一万四千ポンドで売りに出されたものです。

クラリサ　（後ずさりしながら）そうだったの……。

ジェレミー　それをセロンが手に入れて、ぼくのボスのところへ知らせてきたんです。その手紙はぼくが開封しました。それでセロンに会いにいって……。

クラリサ　セロンさんを殺したのね。

ジェレミーはうなずく。

でも、切手は見つからなかったんでしょ。

ジェレミー　ええ、店にはなかったんで、ここにちがいないと思いました——（彼はぐるりと回ってクラリサの上手後方へ行く）

クラリサはソファの左側の肘掛けの方へ後退する。

クラリサ　それであの人も殺したのね。

——今夜はほんとにカステローに出しぬかれたかと思いましたよ。

ジェレミーはうなずく。

ジェレミー　それは当然でしょう？

しかも、今度はピパまで殺そうとして……。

クラリサ　信じられないわ。

ジェレミー　一万四千ポンドといったら、大変な金額ですからね。

クラリサ　でも、どうしてそんな話をわたくしにするの？　わたくしが警察に言わないとでも思って？

ジェレミー　あなたの話なんか信じませんよ、警察は。

クラリサ　いいえ、信じるわ、絶対に信じるわよ。

ジェレミー　それに、あなたには警察に話すチャンスもないでしょう。（彼はクラリサに襲いかかる）ぼくはもう二人殺しているんですからね。三人目でたじろぐと思いますか？　（彼はクラリサの喉《のど》をつかむ）

クラリサは悲鳴をあげる。
ローランド卿がホールから入り、壁のブラケットをつける。
巡査がフレンチ・ウィンドゥから入る。
警部が書斎から入る。

警部　（ジェレミーを捕えながら）よーし、ウォリンダー、ありがとう。われわれはこういう証拠が欲しかったんだよ。さあ、封筒を出して。

クラリサは喉を押さえながらソファの後方へ退る。

ジェレミー　（警部に封筒を渡しながら）ワナだったのか。お見事だ。
警部　ジェレミー・ウォリンダー、オリバー・カステローを殺した容疑で逮捕する。今後の発言はすべて記録して、証拠として採用することがあるからそのつもりで。

巡査はジェレミーの下手側へ行く。

ジェレミー　言われないでも分かっていますよ、警部。なかなか面白いバクチだったんだがな。
警部　（中央後方へ一歩退がって）連れていけ。
ジェレミー　手錠は忘れたんですか、ジョーンズさん？　（巡査はジェレミーの右腕を後ろへねじ上げ、フレンチ・ウィンドゥから引っ立てていく）
ローランド卿　（クラリサの方へ行きながら）大丈夫か、クラリサ？
クラリサ　ええ、大丈夫よ。
ローランド卿　おまえをこんな危ない目にあわせるつもりはなかったんだが……。
クラリサ　知っていたのね、ジェレミーだっていうこと？
警部　（ローランド卿の上手側へ行きながら）しかしどうして切手だと分かったんです？
ローランド卿　（警部の方へ行き、彼から封筒を取って）じつは今日の夕方、ピパにこの封筒を見せてもらったときにピーンときたんです。それからジェレミーが秘書をしているラザラス・スタイン卿は、切手の収集家だということが『紳士録』で分かりました。それでますます疑いを深めたんです。しかも、ジェレミーはついさっき、図々しくもわたしの目の前で封筒をポケットに入れたんで、これはもう間違いないと思いました。（封筒を警部に返し）大事に扱ってくださいよ、警部。これは貴重なものになるはずです、ただの証拠物件というだけではなく。

警部　たしかに貴重な証拠ですよ、ああいうとくに悪質な若い犯罪者に、当然の報いを与えてやるにはね。

ローランド卿は中央後方へ行く。

（警部はホールのドアの方へ行き）しかしながら、われわれの方はまだ死体を見つけるっていう仕事が残っているんですよ。

クラリサ　（中央へ行きながら）ああ、それなら簡単ですわ、警部さん。ピークさんが寝ていたお部屋のベッドを見てごらんあそばせ。

警部　（クラリサの上手側へ行きながら、非難するように）ヘイルシャム＝ブラウンさん、警察としてはですね……

クラリサ　どうして皆さんわたくしの言うことを信用なさらないのかしら？　死体はほんとにあのお部屋のベッドにありますわ。行ってごらんあそばせ。大きな枕の下の横に……あれ、縦にだったかしら……とにかく、枕の下にありますわ。ピークさんがやってくれましたの、わたくしへの思いやりで……。

警部　思いやり……？（彼は言葉を切り、ドアの方まで行って振り返って、非難がましく）いいですか、奥さん、奥さんのお蔭でわれわれはずいぶんやりにくい思いをしているんですよ、そんな途方もない話ばっかり聞かされて。そもそもわたしはこう思ったんです、あなたはご主人がやったと思って、それをかばおうと嘘をついているんだろうとね。とにかく、もうたくさんです。警察をからかうなんて、あんまりいい趣味とは言えませんな。

警部はホールへ退場。

クラリサ　おやまあ！（ソファの前へ行き）ああ、ピパ……。

ローランド卿　（ソファの後方へ行き、その背に屈み）二階のベッドへ連れていった方がいい。もう大丈夫だ。

クラリサ　（優しくピパをゆすぶって）さあ、ピパ、起きて。自分のベッドへお行きなさい。

ピパは起きるがふらふらしている。

ピパ　（つぶやく）お腹がすいた。

クラリサ　（ピパをホールのドアの方へ連れていきながら）はいはい、分かりました。何かないか捜してみましょうね。

ローランド卿　おやすみ、ピパ。

ピパ　おやすみなさい。

クラリサとピパはホールへ退場。ローランド卿はブリッジ・テーブルの下手側に坐り、カードを箱に入れる。

ヒューゴー　（奥で）手をかそうか、クラリサ？

クラリサ　（奥で）大丈夫、なんとかなるわ。

ヒューゴーがホールから入る。

ヒューゴー　（ローランド卿の下手後方へ行きながら）やあ、驚いたね！　わたしには信じられなかったよ。なかなかいい青年のようだったし、立派な学校も出ているし、付き合う相手だってみんなちゃんとした連中だ。

ローランド卿　それでも一万四千ポンドのためには殺人もいとわないんだ。ときどきあるよ、どんな階層の人間にも。人柄は魅力的でも倫理感はゼロっていうのはいるからな。

ミス・ピークがホールから入る。

ミス・ピーク　（ブリッジ・テーブルの上手後方へ行きながら）わたくしはちょっと警察まで行ってこなきゃならなくなりましたよ。供述を取りたいんだそうです。あのいたずらがあまり気に入らなかったようで、大目玉を食いそうですよ。

ミス・ピークは大笑いしてホールへ退場する。

ヒューゴー　（ローランド卿の下手前へ行きながら）なあ、ローリー、わたしにはどうも分からないんだが、あのピークさんがセロンさんの奥さんだったのかね、それともセロンはじつはブラウンだったのか、あるいはその逆か……？

警部がホールから入る。

警部　いま死体を収容しています。（自分の帽子と手袋を取る）

ヒューゴーは中央後方へ行く。

ローランド卿　ああ、そうですか。

警部　（ブリッジ・テーブルの上手側へ行きながら）一つへイルシャム＝ブラウンさんに言っておいていただけませんか、警察にああいう口から出まかせのでたらめばかり言っていると、今にほんとに面倒なことになるとね。

ローランド卿　（穏やかに）クラリサも一度はほんとうのことをお話ししたんですよ。ただ、あなたがどうしても信じようとしなかっただけです。

警部　ええ……うむ……まあ、そうですね。しかし率直に言って、あれはちょっと信じがたいですよ。それはお認めになるでしょう？
ローランド卿　ええ、まあそれは認めます。
警部　（打ち明けるように）いや、閣下を責めようっていうんじゃないんです。ただ、ヘイルシャム＝ブラウンさんは非常に魅力的な方ですからね、こっちはよっぽど用心してかからないと……。さあ、それじゃどうもお邪魔しました。
ローランド卿　ご苦労様でした。
警部　（ホールのドアの方へ後ずさりしながら）じゃ、判事さん、失礼します。
ヒューゴー　（警部を手招きして）お手柄だよ、警部。（彼は手を差しのべる）
警部　（ヒューゴーと握手して）ありがとうございます。

警部は微笑し、それからローランド卿を見る。とたんに微笑は消える。ローランド卿は微笑《ほほえ》むまいとして下を向く。
警部はホールへ退場。ヒューゴーはあくびをする。

ヒューゴー　さてと、そろそろ家へ帰って寝た方がよさそうだ。やあ、大変な夜だったな？
ローランド卿　（ブリッジ・テーブルを整理しながら）ああ、まったくだ。ほんとに大変な夜だったよ。じゃ、おやすみ。
ヒューゴー　おやすみ。

ヒューゴーはホールへ退場する。ローランド卿はカードと点数表をテーブルの上にきちんと積みあげ、それから立ちあがって『紳士録』を取り、中央後方へ行ってそれを書棚に置く。
クラリサがホールから入る。

クラリサ　（ローランド卿の方へ行き彼の両腕に手をやり）ローリー叔父様っていい人！　それにとっても頭がいいんですもの。
ローランド卿　おまえは運のいい娘《こ》だ。あんな若僧に夢中にならないでほんとによかった。
クラリサ　わたくしが誰かに夢中になるとしたら、それは叔父様よ。
ローランド卿　おいおい、そんなことを言ってまた何かいたずらを企んでいるんじゃないだろうね?

ヘンリーがフレンチ・ウィンドゥから入る。

クラリサ　(びっくりして)ヘンリー!
ヘンリー　(ソファの右端の前へ行きながら、うわの空で)ああ、ローランド卿、今夜はクラブじゃなかったんですか?
ローランド卿　ああ、そのー……今夜は早く寝ようと思ってね、だいぶ奮闘したから……。
ヘンリー　(ブリッジ・テーブルを見ながら)ブリッジをやっていたんですね?
ローランド卿　ああ、ブリッジをやったり……(微笑して)……まあ、いろいろやったんだ。それじゃ、おやすみ。(彼はホールのドアの方へ行く)

クラリサはローランド卿に投げキスを送る。
ローランド卿はクラリサに投げキスを返し、ホールへ退場する。

クラリサ　（ヘンリーの上手側へ行きながら、熱心に）あのカレン……いえ、あの、ジョーンズさんは？

ヘンリー　（ブリーフ・ケースをソファに置き、つくづくうんざりした様子で）来なかったんだ。

クラリサ　なんですって！

ヘンリー　（オーバーのボタンを外しながら）飛行機は着いたんだが、奇妙な副官しか乗っていなかったんだ。

クラリサはヘンリーがオーバーを脱ぐのを手伝う。

そいつは降りてきて、ぐるりと向きを変えたと思ったら、またとんでいってしまった。

クラリサ　どうしてなの？

ヘンリー　知るもんか。疑い深いんだろう。しかし、いったい何を疑っているっていうんだ？

クラリサ　（ヘンリーの帽子を取りながら）でも、外務大臣はどうするの？

ヘンリー　それが一番困っているんだ。大臣はもうじきここへやって来るだろう。（腕時計を見て）もちろん空港からすぐ電話したんだが、もう出たあとだった。やあ、まったく大失敗だよ。（彼はソファにどっかと坐る）

電話のベルが鳴る。

クラリサ　（電話の方へ行きながら）出るわ。警察かもしれないから。
ヘンリー　警察？
クラリサ　（受話器に）もしもし……はい、ヘイルシャム＝ブラウンでございますが……はい、おります。（ヘンリーに）あなたよ。バインドリー・ヒース空港から……。

ヘンリーは立ちあがって電話の方へ駆け出すが、途中で立ち止まり、威厳をもった足取りで進む。

ヘンリー　（受話器に）もしもし……？

クラリサは帽子とオーバーを持ってホールへ退場するが、すぐに戻って、ヘンリーの後ろに立つ。

はい、わたしですが……はあ？……十分後に？……それじゃ、すぐ行きましょうか？……はい……ああ、なるほど……いいえ……いいえ、べつに……そうですか？……なるほど……はい……はい、分かりました。（彼は受話器を置いて叫ぶ）クラリサ！（振り向いて、彼女が後ろにいるのに気づき）なんだ、そこにいたのか。いやね、最初の飛行機が飛び立った十分後に、別の飛行機がやって来て、今度こそカレンドルフが乗っていたんだそうだ。

クラリサ　ジョーンズさんでしょ？

ヘンリー　ああ、そう、ジョーンズさんだ。まあ、用心に越したことはないからね。そういえば、向こうも用心したのかな、どうやら最初の飛行機はほんとに安全かどうかをたしかめるオトリみたいなものだったらしい。やあ、まったく、ああいう人間の心の動きばかりは、どうにも推測のしようがない。まあ、それはともかく、今ジョーンズさんをこっちへ送ったって言うんだよ、空軍の護衛をつけて。だから十五分以内に来るはずだ。おい、万事大丈夫なんだろうね？　そのトランプを片付けてくれないか？

クラリサは急いでカードと点数表を取り、中央後方のテーブルに置く。ヘンリーはストゥールの方へ行き、非常に驚いた様子でサンドウィッチとムースの皿を取りあげる。

なんだい、これは？

クラリサ（大急ぎでヘンリーの方へ行き、二枚の皿をつかみ取り）ピパが食べていたのよ。今片付けるわ。ハム・サンドをもう少し作ってくるわね。

ヘンリー　ちょっと待って……その椅子……（ややとがめるように）みんな用意しておいてくれると思ったのに。（彼はブリッジ・テーブルの方へ行き、その脚を折りたたむ）

クラリサは二枚の皿をストゥールに置き、ブリッジ・テーブルの後方の椅子を中央後方のテーブルの下手側へ運ぶ。

あれからずっと何をしていたんだい？　(彼はブリッジ・テーブルを書斎へ入れる)

クラリサ　(安楽椅子《イージー・チエアー》の方へ行き、それを前へ押し出しながら) だって、ヘンリー、今夜はほんとにスリルと興奮の連続だったんですもの。あのね、あなたが出ていったすぐあと、わたくしはサンドウィッチを持ってここへ来たの。そうしたらいきなり死体につまずいたのよ。そこ、そのソファの後ろ……。

ヘンリー　(安楽椅子《イージー・チエアー》の方へ行き、話をさえぎって) ああ、そうだろうそうだろう。きみの話はいつもとっても面白いがね、しかし、今はそれどころじゃないんだ。

ヘンリーとクラリサは安楽椅子を元の位置に戻す。

クラリサはブリッジ・テーブルの下手側の椅子を取り、それを下手前に置く。ヘンリーはブリッジ・テーブルの上手側の椅子を取り、それを上手前に置く。二人はともに肘掛け椅子の方へ行き、それを元の位置へ押し出す。

クラリサ　でも、ヘンリー、ほんとうなのよ。それはほんの序の口でね、警察は来るし、次から次へもういろいろなことがあったんだから。麻薬密売組織だとか、ピークさんはピークさんじゃなくって、ほんとはブラウンさんだったとか、ジェレミーが殺人犯と分かって、一万四千ポンドもする切手を盗もうとしていたとか……。

ヘンリー　(肘掛け椅子の上手側へ行き、寛大に、しかし、ほんとうは聞いておらず）ほう！　それじゃきっとまたスウェーデンの黄色っぽいミスプリのやつにちがいない。

クラリサ　(肘掛け椅子の下手側へ行きながら）ええ、まさにそれなのよ。

ヘンリー　(情愛をこめて）きみの想像力はたいしたものだよ、クラリサ。（彼は上手から小さなテーブルを持ってきて、それを肘掛け椅子と安楽椅子《イージー・チエアー》のあいだに置き、自分のハンカチでパンくずを払い落とす）

クラリサ　いいえ、べつにわたくしが考え出したわけじゃないのよ。わたくしの想像力じゃ半分も及ばないわ。

ヘンリーはソファの後ろへ行き、ブリーフ・ケースを右側のクッションの後ろに置き、上手側のクッションをふくらませ、それから安楽椅子《イージー・チエアー》用のクッションを取って、それを安楽椅子《イージー・チェアー》へ持っていく。

おかしなものだわ、今までわたくしの人生にはほんとに何事も起こらなかったのに、今夜はいろいろなことがいっぺんに起こって……。殺人、警察、麻薬中毒、見えないインク、秘密文書、あやうく殺人で逮捕されかかったり、殺されそうになったり……。まあ、一晩の出来事としてはちょっと多すぎた感じだけれど……。

ヘンリー　（肘掛け椅子の上手側へ行きながら）さあ、向こうへ行ってコーヒーをいれてきてくれ。そのすばらしい冒険談は明日ゆっくり聞かせてもらうよ。

クラリサ　ほんとなのよ、わたくし、もうちょっとで殺されるところだったんだから。

ヘンリー　（腕時計を見ながら）大臣かジョーンズさんがもう来るかもしれないんだ。

クラリサ　今夜はずいぶんいろいろな経験をしたものだわ。あっ、それでウォルター・スコットの詩を思い出した。

ヘンリー　（上手前へ行って部屋を見回しながら）なんだって？

クラリサ　叔母に暗記させられたの。

ヘンリーはクラリサを見つめる。

（クラリサは「マーミオン」を引用する）〝ああ、わたしたちは何ともつれた蜘蛛《くも》の巣を編んでしまったことか、最初に人を欺こうとしたときに〟

ヘンリーは不意にクラリサを意識して肘掛け椅子にもたれかかって、両腕で彼女を抱く。

ヘンリー　きみはほんとに可愛い蜘蛛だ。
クラリサ　（両腕を彼の肩にのせ）あなた、蜘蛛の生態を知ってる？　蜘蛛って自分の夫を食べちゃうのよ。（彼女はヘンリーの首を引っかく）
ヘンリー　（情熱をこめて）それよりきみを食べちゃいたいよ。（とクラリサにキスする）

玄関のベルが鳴る。

クラリサ　（びっくりして飛びのき）大臣だわ！
ヘンリー　（彼女と同時に）ジョーンズさんだ！
クラリサ　（ヘンリーをホールのドアの方へ押しやりながら）あなた出て。
　　ヘンリーはジャケットのボタンをかけ、ネクタイを直す。
コーヒーとサンドウィッチはホールに置いておくわ。いるときに持っていってちょうだい。ただいまより首脳会談を始めます！（彼女は自分の手にキスし、その手を彼の口に持っていき）グッド・ラック！
ヘンリー　グッド・ラック！（彼は出ていきかかり、それからまた振り返って）いや、ありがとうって言うつもりだったんだ。
　　ヘンリーはドアを開け放しにしたままホールへ退場する。クラリサは二枚の皿を取る。
（奥で）ああ、どうも大臣。

クラリサはホールのドアの方へ行きかけるがふと立ち止まり、ためらい、それから中央後方の書棚の方へ行き、パネルのスウィッチを操作する。パネルは開く。玄関のドアがバタンと閉まる音が聞こえる。

クラリサ　（ドラマティックに）クラリサ、神秘的に退場！

クラリサがパネルの後ろに姿を消すと同時に……

——幕——

読者よ、蜘蛛の巣に捕われるなかれ

ミステリ研究家
小山正

正直に告白しよう。今から二十年ほど前、ハヤカワ・ミステリ文庫で『蜘蛛の巣』をはじめて読んだときは、さほど面白いとは思わなかった。『ねずみとり』に次ぐ上演記録を持ち、『検察側の証人』とともに一九五〇年代のクリスティーを代表する戯曲、ということで期待してページを捲り始めたのだが、これが退屈。途中の展開もこぢんまりとしており、クリスティーらしい劇的さもなし。主人公クラリサの脳天気な明るさも鼻につく。真犯人も意外でも何でもなかった。なんだ、小粒じゃないか。

さしたる感慨もなく『蜘蛛の巣』は書棚に放り込まれたわけだが、今から考えれば、なんとも浅薄でアラっぽい読書であった。いや、それだけではない。私が『蜘蛛の巣』

を読んだ一九八〇年代は小演劇が全盛期の時代で、「夢の遊眠社」「第三舞台」「劇団3〇〇」といった人気劇団が次々と破壊的で痛快な芝居を連打していた。『蜘蛛の巣』のようなストレート・プレイが地味で平板に見えたのは、致し方ない。

代表作といわれる『ねずみとり』や『検察側の証人』にも同様の感想を持っていた。特に『検察側の証人』に関しては、先に観たビリー・ワイルダー監督の映画『情婦』のほうが台詞もテンポもよく、原作戯曲よりも面白く思えた。

このようにミステリファンでありながら、ことクリスティーの芝居に関しては、私は長らく非常に冷めた読者でしかなかった。要するに、私は何もわかっていなかったのだ。

時は流れて一九九七年。初めてロンドンを訪れた私は、ウェストエンドのセント・マーチンズ・シアターで上演四十五年目を迎える『ねずみとり』を観るチャンスに恵まれた。ミステリファンを自称する以上、たとえ小粒な戯曲であっても、元祖『ねずみとり』を観ないで帰るわけにはいかない。本は読んでいるので台詞は聞き取れなくとも筋はわかるし、なによりもチケットが手に入ったのだ。

劇場は観光客であふれていた。あちらこちらでフランス語、スペイン語、ロシア語といった各国の言葉が飛び交っている。良くも悪くも観光化された芝居なのだ。やがて場内が暗くなり、芝居は始まる。鑑賞すること約二時間強。で、どうだったかというと——

――。

なんと、私は大いに感動してしまったのだ！

俳優たちの劇的な動き。表情のおかしさ。間の素晴らしさ。キャラクターの可笑しさ――それは、雰囲気たっぷりの舞台セットで絢爛豪華に繰り広げられる良質のコメディであった。なによりも印象的だったのは、殺人を娯楽として楽しむ、おおらかな遊び心のパワーが全編にみなぎっていたことである。敬愛する作家で翻訳家の故・小泉喜美子女史は「ミステリとはオシャレで洗練されてなくてはならない」と生前に言い続けていたが、生の『ねずみとり』を観てまず最初に思い出したのがこの言葉だった。そうだ、小泉先生はこんなことも言っていたっけ。

「(クリスティーの)長所は枝葉末節のトリックがどうのというよりも、むしろ、作品全体の狙い、世界設定の奇抜さ、大胆さで堂々と勝負するところにあり、そこに〝楽しい殺人のおはなし〟のエレガンスが生まれる(後略)」

『ミステリーは私の香水』より

『ねずみとり』こそ〝楽しい殺人のおはなし〟のエレガンスをシャワーのように浴びせ

てくれるすばらしいお芝居だった。かつて小粒としか思えなかった『ねずみとり』だが、実際の劇場で体感をすることで、高級で遊び心に満ちた重層的な芸術に生まれ変わったのである。そればかりではない。これは後に戯曲を読み直して気がついたのだが、クリスティーのテキストそのものにもさりげなく、ミステリ的な仕掛けが随所にほどこされていて、これが生の芝居になると実に効果的に観客を誘導したり驚かせたりするのだが、これについては後述しよう。

さて最初に「『蜘蛛の巣』はさほど面白いとは思わなかった」と書いた。しかし『ねずみとり』と同様、『蜘蛛の巣』もまた、ある時期を境に私の中で「エレガンス」な傑作に生まれ変わってしまったのだから演劇体験とは貴重である。

それは、二〇〇一年十一月東京グローブ座で上演された日本版『蜘蛛の巣』でのこと。このときはクラリサ役を元宝塚月組の久世星佳が演じ、山田和也が演出を担当した。本国イギリスではたびたび上演される『蜘蛛の巣』だが、わが国ではめったに観ることが出来ない。小粒であろうがなかろうが、このチャンスを逃す手はない。

当然予習は完璧で、テキストを読み込むのはもちろん、『クリスティー自伝』でこの芝居が『ねずみとり』執筆の二年後に、クリスティーお気に入りのコメディ女優マーガレット・ロックウッドのために書かれたことを調べ上げ、さらにイギリスの古本屋で購入した『蜘蛛の巣』の一九九〇年の上演時のパンフレットをチェック、過去五十年間におけるイギリスでの上演記録の変遷、さらには栄えある第一回公演では執事エルジン役を後の007シリーズの発明博士「Q」で知られるデスモンド・リュウェリンが演じていた、などといったどうでもいい知識までをも身につけた。

『蜘蛛の巣』は、隠し部屋のあるカントリーハウスの一室を舞台とし、天衣無縫で空想癖のある女主人クラリサ、外交官の夫、元政治家に弁護士、実業家の秘書、執事に庭師、思春期の娘といった登場人物の出てくる、典型的なカントリーハウス・ミステリである。とりたてて目新しいキャラクターが出てくるわけでもなく、アッと驚くようなトリックが仕掛けられているわけでもなく、物語も予定調和的に進行する。

さて、肝心の芝居は主役・久世星佳の熱演もあってなかなかの出来映えであった。ただし、『ねずみとり』のときのような奇跡は起きなかった。帰りの道すがら、一緒に観劇していた、ミステリ専門の劇団〈フーダニット〉を運営する松坂健さんがこんな感想を述べた。

「サンドイッチを食べるシーンが惜しかったな」

「?」

「もっとサンドイッチのシーンを印象的に見せないと、ミステリとしての面白さが生きてこないんだよな」

あっ、そうか！　芝居を観ているときは気づかなかったけれども、確かにテキストには登場人物の一人が「サンドイッチを食べ続ける」という地味なト書きがある。これが実はこの作品の大胆な伏線になっているのだが、クリスティーがさりげなく書いているために、テキストを読んだだけではそうとは読みとれないのだ。もっと言えば、このサンドイッチが芝居のクライマックスで粋な小道具として、犯人の意外性に寄与するのである。

なるほど、ミステリ劇のテキストは一筋縄ではいかない。松坂氏にそう教えられたように思い、今度は復習を完璧にすべく、三度『蜘蛛の巣』のテキストを読み返すことにした。驚いたことに、『蜘蛛の巣』のなかに隠されていたクリスティーのミステリ的計算はこれだけではなかった。

例えば、ヘイルシャム＝ブラウンという不思議な名字に関する登場人物たちのとらえ方は実に巧妙な伏線になっているし、トランプの使い方も粋な遊びとなっているし、ロード警部の一挙一動は真犯人を推理するための手掛かりになっている。

まだ芝居を観ていない方のためにこれ以上書くわけにはいかないが、せめてテキストだけでも最後まで読み終えたら、ぜひもう一度、クリスティーが細かく指定している登場人物たちの動きや台詞に注意を払い、読み直して欲しい。平凡に見えるト書きに深い意味がこめられていたり、登場人物の台詞に裏の意味があったりするのがわかるだろう。クリスティーはその描き方が絶妙に上手い、と思う。

クリスティーの巧緻な罠を、演出家になったつもりで、テキストを一文一文推理して読み解いていく――それもまたクリスティーのミステリ戯曲を読む楽しみなのである。

最後にもう一言。

『ねずみとり』にしろ『蜘蛛の巣』にしろ、内容とはまったく関係のない、なんだか人を喰ったタイトルだと思いませんか？　いや、そうではなくて、このタイトルこそ「作者対観客（読者）」という構図を高らかに宣言したクリスティーの意気込みの表れだったのではなかろうか。だって、引っかかるのが「読者」であり「観客」なのですから！

世界中で上演されるクリスティー作品

〈戯曲集〉

劇作家としても高く評価されているクリスティー。初めて書いたオリジナル戯曲は一九三〇年の『ブラック・コーヒー』で、名探偵ポアロが活躍する作品であった。ロンドンのスイス・コテージ劇場で初演を開け、翌年セント・マーチン劇場へ移された。一九三七年、考古学者の夫の発掘調査に同行していた時期にオリエントに関する作品を次々執筆していたクリスティーは、戯曲でも古代エジプトを舞台にしたロマン物語『アクナーテン』を執筆した。その後、『そして誰もいなくなった』、『死との約束』、『ナイルに死す』、『ホロー荘の殺人』など自作長篇を脚色し、順調に上演されてゆく。一九五二年、オリジナル劇『ねずみとり』がアンバサダー劇場で幕を開け、現在まで演劇史上類例のないロングランを記録する。この作品は、伝承童謡をもとに、一九四七年にクイーン・メアリの八十歳の誕生日を祝うために書かれたＢＢＣ放送のラジオ・ドラマを舞台化したものだった。カーテン・コールの際の「観客のみなさま、どうかこのラストのことはお帰りになってもお話しにならないでください」の一節はあまりにも有名。一九五三年には『検察側の証人』がウィンター・ガーデン劇場で初日を開け、その後、ニューヨークでアメリカ劇評家協会の海外演劇部門賞を受賞する。一九五四年の『蜘蛛の巣』はコミカルなタッチのクライム・ストーリーという新しい展開をみせ、こちらもロングランとなった。

クリスティー自身も観劇も好んでいたため、『ねずみとり』は初演から十年がたった時点で四、五十回は観ていたという。長期にわたって劇のプロデューサーをつとめたピーター・ソンダーズとは深い信頼関係を築き、「自分の知らない芝居の知識を教えてもらった」と語っている。

65 ブラック・コーヒー
66 ねずみとり
67 検察側の証人
68 蜘蛛の巣
69 招かれざる客
70 海浜の午後
71 アクナーテン

灰色の脳細胞と異名をとる

〈名探偵ポアロ〉シリーズ

本名エルキュール・ポアロ。イギリスの私立探偵。元ベルギー警察の捜査員。卵形の顔とぴんとたった口髭が特徴の小柄なベルギー人で、「灰色の脳細胞」を駆使し、難事件に挑む。『スタイルズ荘の怪事件』（一九二〇）に初登場し、友人のヘイスティングズ大尉とともに事件を追う。フェアかアンフェアかとミステリ・ファンのあいだで議論が巻き起こった『アクロイド殺し』（一九二六）、イニシャルのABC順に殺人事件が起きる奇怪なストーリーが話題をよんだ『ABC殺人事件』（一九三六）、閉ざされた船上での殺人事件を巧みに描いた『ナイルに死す』（一九三七）など多くの作品で活躍し、最後の登場になる『カーテン』（一九七五）まで活躍した。イギリスだけでなく、イラク、フランス、イタリアなど各地で起きた事件にも挑んだ。

映像化作品では、アルバート・フィニー（映画《オリエント急行殺人事件》）、ピーター・ユスチノフ（映画《ナイル殺人事件》）、デビッド・スーシェ（TVシリーズ）らがポアロを演じ、人気を博している。

訳者略歴　1936年生，学習院大学大学院卒，85年没　英米文学翻訳家　訳書『検察側の証人』クリスティー（早川書房刊）他

蜘蛛《くも》の巣《す》

〈クリスティー文庫68〉

二〇〇四年六月十五日　発行
二〇二二年八月二十五日　二刷

（定価はカバーに表示してあります）

著者　アガサ・クリスティー
訳者　加《か》藤《とう》恭《きょう》平《へい》
発行者　早川　浩
発行所　株式会社早川書房

郵便番号一〇一 - 〇〇四六
東京都千代田区神田多町二ノ二
電話　〇三 - 三二五二 - 三一一一
振替　〇〇一六〇 - 三 - 四七七九九
https://www.hayakawa-online.co.jp

乱丁・落丁本は小社制作部宛お送り下さい。
送料小社負担にてお取りかえいたします。

印刷・株式会社亨有堂印刷所　製本・株式会社フォーネット社
Printed and bound in Japan
ISBN978-4-15-130068-4 C0197

本書は活字が大きく読みやすい〈トールサイズ〉です。